DOMATA DALLA BESTIA

PROGRAMMA SPOSE INTERSTELLARI®:
LIBRO 7

GRACE GOODWIN

Domata dalla bestia

Copyright © 2019 by Grace Goodwin
Tutti i diritti riservati. Nessuna parte di questo libro può essere riprodotta o trasmessa in qualsiasi forma o modo, elettronico o meccanico, incluse fotografie, registrazioni o per mezzo di altri sistemi di archiviazione e recupero, senza il permesso scritto dell'editore.
Pubblicato da KSA Publishing Consultants Inc.
www.gracegoodwin.com

Goodwin, Grace
Titolo originale: Tamed By the Beast

Progettazione di copertina di KSA Publishers
Deposit Photos: _italo_, ralwel

Questo libro è adatto a *soli adulti*. Le violenze corporali e le attività sessuali rappresentate in questo libro sono opere di pura fantasia e concepite per lettori adulti.

ISCRIVITI ALLA NEWSLETTER

Iscriviti alla mia mailing list per essere il primo a sapere di nuove uscite, libri gratuiti, prezzi speciali e altri omaggi di autori.

http://ksapublishers.com/s/bw

1

Tiffani Wilson, Centro Elaborazione Spose Interstellari, Terra

Mi sollevò. I miei seni pesanti premevano contro la superficie fredda e liscia del muro, e il suo cazzo mi penetrava. Potevo sentire il suo petto che incombeva sulla mia schiena, il che fu uno shock. Ero alta, più di un metro e ottanta, e nessuno degli amanti che avessi mai avuto – nemmeno quando ero magra – era mai stato in grado di dominarmi, di maltrattarmi, di farmi sentire... piccola. Mai. Non così.

Era enorme, era come avere un gigante dietro di me. Guardai il braccio muscoloso che mi bloccava i polsi sopra la testa, contro il muro. Quel bicipite era grosso come la mia coscia, e duro come la roccia. Così come il cazzo che mi allargava, mi riempiva fino quasi a farmi male.

"Mia." La parola fu un ringhio a malapena riconoscibile, ma mi fece contrarre la figa attorno a lui. Era la mia risposta.

Non c'erano dubbi nella sua rivendicazione. Solo un bisogno primitivo, solo lussuria.

Lussuria? Nessuno mi aveva mai desiderato in questo modo. Ero troppo alta, troppo grossa, troppo per ogni uomo. Ma questo? *Lui*?

Me lo spinse dentro con un movimento veloce dei fianchi, il suo corpo tonico sbatteva contro il mio con la forza di un conquistatore. Ancora e ancora. Il mio corpo intero si scuoteva all'impatto, le mie dita provavano a fare presa contro il muro, fallendo. Solo le sue mani sui miei polsi e il suo cazzo dentro di me riuscivano a tenermi in piedi. E io amavo ogni singolo minuto, la mia mente era annebbiata dal piacere e dalla voglia, dalla resa. Avrei ceduto di fronte a lui. Solo allora sarebbe stato soddisfatto.

Sì. Ero sua. E sapevo, in qualche modo, che lui era mio. Dovevo ancora vederlo in faccia, ma non m'importava. Non con le sue mani sul mio corpo e con la sua asta dura dentro di me.

"Ferma." L'ordine fu un profondo borbottio. Alzai lo sguardo mentre mi lasciava andare i polsi. Come avevo fatto a non accorgermi che mi aveva ammanettata? Le manette erano spesse circa cinque centimetri, intarsiate con delle bellissime decorazioni in oro, argento e platino su cui non riuscivo a concentrarmi. Il suo cazzo mi sgombrava la mente da ogni pensiero.

Sussultavo ogni volta che mi martellava, come se la sua asta dura mi costringesse a cacciare l'aria fuori dai polmoni.

Provai a sollevare i polsi, a sistemarmi meglio, ma le manette non mi fecero muovere. Erano inchiodate al muro. Sapevo che era inutile, ma le tirai di nuovo, e sapere che non potevo muovermi mi fece eccitare ancora di più. Un suono che non riconobbi come mio mi fuggì dalle labbra. Al mio compagno piaceva vedere che ero sottomessa, così ringhiò in risposta e abbassò le sue labbra sulla mia nuca e sulla spalla continuando a pomparmi abbastanza velocemente da farmi impazzire – ma senza farmi venire.

"Ti prego." Lo stavo implorando? Dio, sì che lo stavo implorando. Volevo cantare quelle parole fino a quando non mi avrebbe dato quello che volevo.

Per tutta risposta, l'uomo dietro di me, il mio compagno, mi afferrò i fianchi e mi fece allargare ancora di più, sollevandomi fino a farmi poggiare la fronte contro il muro. Mi scopò così, con un ritmo martellante, spietato, che mi eccitava come mai niente prima d'ora, portandomi sempre più vicina al limite.

Il suono bagnato della scopata, della carne che colpiva la carne, mi riempiva le orecchie mentre sentivo che lui ispirava a fatica, quasi ruggendo.

Nessuno mi aveva mai presa così. Le gambe spalancate a forza, la figa aperta e in bella mostra, completamente alla sua mercé. Sapere che non potevo fare altro che sottomettermi, che accettare quello che lui mi dava mi fece eccitare da pazzi, al punto che lo implorai di nuovo. Di toccarmi. Di mordermi. Qualunque cosa. Qualunque cosa servisse a spingermi oltre il limite, a farmi venire.

Non sapevo dove mi trovavo o chi lui fosse, ma non m'importava. Era mio. Il mio corpo questo lo sapeva, lo accettava e, quando lui sollevò una mano per strizzarmi il seno, non dissi nulla. Non volevo.

"Di più." Io- questo corpo implorammo di andare più a fondo, più veloce. Quello che volevo per davvero, di cui avevo bisogno per davvero, era un pizzico di più: di dolore, di intensità che potesse rompermi e farmi venire su tutto il suo cazzo. Era un desiderio oscuro, uno che non avevo mai confessato a voce alta a nessuno, ma che in qualche modo conoscevo.

"No." La sua voce profonda era animalesca. Forse, se mi fossi girata, non avrei visto un umano dietro di me, ma qualcos'altro, qualcosa... di più. Il solo pensiero mi fece correre un brivido lungo la schiena. Strinsi i pugni e provai a fare leva contro il muro per spingermi contro il suo cazzo, per costringerlo a scoparmi ancora più a fondo. Ne volevo di più. Lo volevo tutto.

"Di più. Ti prego." Non riconoscevo la mia voce, né m'importava. Suonavo disperata e bisognosa, ed era esattamente così che mi sentivo.

Mi scopava a fondo, colpendomi l'utero, e una piccola fitta di dolore mi attraversò. Tremai, gettai la testa all'indietro sulle sue spalle e gli avvinghiai le cosce con i polpacci. Era il meglio che potessi fare per trattenerlo a fondo dentro di me, dove avevo bisogno che fosse.

Con le mie gambe attorno alle sue, mi lasciò andare le cosce per afferrarmi e sollevarmi i seni. Ogni movimento dei fianchi lo faceva scivolare in modo impercettibile, e il leggero cambio di angolazione permetteva al suo cazzo di colpirmi a fondo, ancora e ancora. Mi costringeva a restare immobile, a cavalcarlo mentre mi torturava i capezzoli, tirandoli e strizzandoli, fino a farmi gemere. La mia figa si contrasse e si rilassò, così ondeggiai i fianchi, provando a farlo andare più veloce.

"Mia."

Cazzo. Era ossessionato! C'era bisogno di ripeterlo? Di confermarlo?

"Mia."

Perché continuava a dirlo?

Questo corpo sembrava saperlo, sembrava capire con esattezza cosa voleva. "Sì. Sì. Sì."

A ogni parola mi scopava più duramente, come se il mio assenso gli facesse perdere il controllo ancora di più.

Abbassò una mano e me la poggiò sul clitoride, facendomi quasi urlare di piacere. Ma la tenne lì, così, senza massaggiarla, senza stimolarla.

Le manette mi impedivano di sollevarmi, di muovere i fianchi in avanti e costringerlo a toccarmi nel modo che volevo.

La sua risatina fu così profonda che capii, che sentii qualcosa di così forte e grande che a confronto ero davvero minuscola. E sapevo che mi stava stuzzicando, voleva che continuassi a implorarlo.

"Ti prego."

Mi teneva una mano sul clitoride, e con l'altra mi afferrò i capelli e mi tirò la testa all'indietro fino a farmi inarcare il collo, come un'offerta deliziosa. "Compagna."

Le sue labbra mi sfiorarono l'orecchio e io tremai sentendo la promessa carnale racchiusa in quell'unica parola. Sì. Lo volevo. Era mio. Per sempre. Mi leccai le labbra, finalmente pronta a pronunciare le parole che sapevo avrebbero mandato in pezzi il suo controllo d'acciaio. "Scopami, compagno. Fammi tua."

Un fremito gli corse lungo il petto e le braccia. Sentii il suo corpo tremare, il suo controllo infrangersi. Mi teneva per i capelli, i suoi colpi feroci avevano infranto la mia presa attorno alle sue gambe, andando dentro e fuori come una macchina, veloce, inarrestabile.

Lo tirò quasi completamente tutto fuori, e sfruttò la gravità per riportarmi giù, il peso stesso del mio corpo mi impalava sul suo cazzo, ancora e ancora, in una rapida rivendicazione che mi costringeva a gemere.

Quell'unico suono di resa doveva essere ciò che aspettava. Mi massaggiò il clitoride, con foga, proprio come piaceva a me.

La testa all'indietro, percorsi una spirale dentro l'oblio, cavalcando sensazione dopo sensazione mentre mi scopava come se io fossi l'unica per lui, come se non potesse mai averne abbastanza. Come se fosse morto se non mi avesse riempito col suo seme e non mi avesse fatta sua per sempre.

Mi sentii donna, mi sentii potente. Bellissima. E io non mi sentivo mai bella. Quel pensiero mi distrasse, poi lui mi lasciò andare i capelli e usò la mano libera per schiaffeggiarmi con vigore sul culo.

Mi spaventai e mi contrassi attorno al suo cazzo. Gemetti. Lui ringhiò.

Mi colpì di nuovo. In qualche modo sapeva che mi piaceva, che amavo quell'acuta punta di dolore.

Smack!

Fiducia. Sbandamento.

Smack!

Smack!

Mi sculacciò fino a quando il calore non mi percorse il corpo come un fuoco selvaggio, bruciandomi da dentro a fuori.

Quando non riuscivo più a pensare, respiravo a malapena, allora si fermò. Lentamente, così lentamente che ogni movimento durò un'eternità, si ritrasse dalla mia figa rigonfia e mi penetrò ancora una volta. Era sazio, mi coprì la schiena col suo corpo sudato, mi intrappolò, entrambe le braccia avvinghiate attorno ai miei fianchi, le sue mani smaniose di giocare con la mia figa.

"Vieni, adesso."

Con leggerezza, mosse le dita su e già sul mio clitoride, ogni morbido passaggio era come una cannonata diretta ai miei nervi. Mi allargò le labbra della figa con entrambe le mani e le tenne così, aperte, mentre mi massaggiava il clitoride. Era stato rude, e ora era gentile. Poteva essere entrambe le cose. Poteva essere *qualunque cosa*.

Un orgasmo mi ruggì dentro facendomi perdere contatto con la realtà. Lontano, sentii una donna urlare, e sapevo che ero io, ma fluttuavo in una tempesta di sensazioni che teneva me e il mio compagno stretti l'uno all'altra. Lui era lì per me, mi impediva di cadere, mi teneva al sicuro mentre io lo prendevo e lo prendevo e lo prendevo.

Il mio corpo pulsava di piacere, mi sentivo la testa leggera, disorientata. Chiusi gli occhi e feci un respiro tremante, e gli spasmi cominciarono finalmente a svanire e i miei muscoli tesi a rilassarsi. E, d'improvviso, sentii freddo, mi mancava il calore del mio compagno dietro di me.

Ero nel panico, insicura. Aprii gli occhi, sbattei le palpebre, quasi accecata dalle luci di un ambiente clinico. Una donna preoccupata mi guardava da vicino. Era in piedi di fianco a me, e io ero distesa su uno strano letto. Provai a massaggiarmi il viso, gli occhi, ma non ci riuscii. Ero ammanettata a quella che sembrava una sedia da dentista enorme.

Mi guardai, e la realtà cominciò a tornare a galla. Ero coperta da un camice grigio da ospedale, aperto sul retro. Sotto ero nuda, e il culo e i fianchi mi scivolavano sopra quella che era la prova della mia eccitazione. Ero a Miami, nel centro spose aliene. Ero arrivata qui ieri dopo aver detto al mio capo nel ristorante di Milwaukee dove lavoravo che poteva andarsene a fare in culo e me ne ero andata nel bel mezzo del turno. Era stata una sensazione meravigliosa, cazzo.

Il biglietto aereo mi era costato fino all'ultimo centesimo, ma non mi importava. Avevo bisogno di un cambiamento. Di un cambiamento epocale. E non avevo nessuna intenzione di tornare indietro.

"Va tutto bene, signorina Wilson?" La donna di fronte a me portava un'uniforme grigia con uno stemma bordeaux sul seno sinistro. Adesso mi ricordavo di lei. La Custode Egara. Era stata carina con me, del tutto professionale, e io l'avevo apprezzato. La maggior parte delle persone andavano fuori di testa davanti alla mia stazza, persino nell'ufficio del dottore.

La custode era bellissima e ben curata. Tutto quello che io non ero mai stata. Gli uomini probabilmente facevano la fila per chiederle di uscire, per toglierle i vestiti e per farla venire sui loro cazzi.

Io? Gli uomini mi chiedevano di tener loro a bada il cane e di andare a prendere il caffè. L'orgasmo che avevo appena avuto? Sì, era il primo che mi procurava qualcun altro da quando avevo lasciato il liceo. I miei amanti erano stati pochi, l'uno ben distante dall'altro, e nessuno di loro era mai stato abbastanza forte da sollevarmi e riempirmi da dietro. O da sapere come dovesse toccarmi, come spingermi fino al limite, come stuzzicarmi, e poi prendermi fino in fondo.

Avevo lo sguardo vacuo, ma non potevo fare a meno di godermi quel ricordo, la sensazione di un cazzo enorme che mi riempiva e mi faceva un po' male, di quelle mani enormi che mi facevano sentire piccola e bellissima... che mi facevano sentire... come lei. L'altra me, la me che non esisteva per davvero, era una fantasia della mia mente. Proprio come *lui*.

"Signorina Wilson?" La custode inclinò la testa e mi studiò più attentamente, qualcosa di cui non avevo affatto bisogno adesso, non mentre il culo mi scivolava sulla sedia, bagnato dalla mia stessa eccitazione.

"Sto bene." Provai a sollevare le mani, a sistemare il camice da ospedale che si era alzato un po' troppo al di sopra della coscia, ma le manette mi tenevano bloccata. Dannazione.

"È sicura? Il processo di abbinamento può essere... intenso."

E, quindi, era così che li chiamavano quegli orgasmi pazzeschi? Diamine, sì, quello sì che era stato intenso. E me ne provochi degl'altri, grazie.

Aveva un aspetto empatico, e mi venne voglia di dirle tutto. Diamine, volevo farle quell'unica domanda scottante che ero stata troppo spaventata per fare. Ma non riuscii a trovare il coraggio. Ero terrificata dalla risposta. Invece, mi incollai un sorriso sulle labbra. "Sì. Sto bene."

"Eccellente." Sorrise e annuì, convinta dal mio tentativo accorato di sorridere e farle capire che non ero sotto shock, che non avrei avuto un crollo mentale. Era ovvio che lei non aveva mai servito ai tavoli durante una serata indaffarata, circondata da bambini che vomitano e idioti ubriachi. Potevo gestire un sacco di stress, molto più di questo. E lo stress degli orgasmi? Sì, beh quello non era nemmeno uno stress. Ma mi... sopraffaceva.

Provai a rilassarmi, mi appoggiai contro la schiena e mi sforzai di concentrarmi contando i miei respiri. Quattro dentro, quattro fuori. Era così che io facevo le cose.

La stanza era pallida e bianca, clinica, e mi sembrava di essere al pronto soccorso, e non al centro elaborazione spose. Ma quando stai per impegnarti per tutta la vita come sposa aliena, immagino che si vedano le cose in un modo leggermente differente.

Le dita della custode Egara svolazzavano su un piccolo tablet, troppo veloci per tenerne traccia e, onestamente, non mi importava cosa stesse facendo, almeno finché questo stupido abbinamento avesse funzionato. E questo – lo capivo solo ora – proprio non potevo saperlo.

"Ha funzionato? Sono stata abbinata?" Giuro che mi si fermò il cuore mentre aspettavo di sentire la risposta.

"Oh, sì, ma certo che ha funzionato."

Tremai, emisi un forte respiro. La custode mi poggiò la mano sulla spalla con un gesto comprensivo. "Mi dispiace. Non avevo capito che lei fosse preoccupata. È stata abbinata ad Atlan."

Non sapevo niente di Atlan, ma ciò non mi impedì di sentirmi speranzosa. Ero stata abbinata. Porca miseria. "E questo abbinamento... è sicura che l'alieno mi vorrà come compagna? È sicura che gli abbinamenti funzionino?"

"Assolutamente sì." Mi strizzò la spalla e si riconcentrò sul tablet.

"Anche per le ragazze come me?" Cazzo. La mia paura più recondita mi fuggì dalla bocca prima che potessi fermarla. Mi morsi le labbra e sperai che non uscisse nient'altro.

La custode si immobilizzò. Sollevò gli occhi per guardarmi dritta in faccia. "Che cosa vuole dire, ragazze come lei? È sposata? Perché ha già dovuto rispondere a quella domanda, ed era sotto giuramento. Se ha mentito, non posso elaborare la richiesta."

Sposata? Seh, come no.

Sospirai. Caaaavolo. Dovevo farle lo spelling? Col suo corpo taglia quarantadue e la sua terza di seno, molto probabilmente lei non si era mai preoccupata di essere desiderata. Studiai i suoi occhi grigi e preoccupati e decisi che sì, dovevo dirglielo chiaro e tondo. Dannazione. Feci un respiro profondo e raccolsi il coraggio, sputando le parole più velocemente che potevo. "Ragazze come me. Ragazze grosse."

La custode sollevò le sopracciglia, come sorpresa, il suo sguardo mi squadrò da capo a piedi, squadrò velocemente il mio corpo taglia forte prima di ritornare a guardarmi in viso. Il suo sorriso fu una delle cose migliori che avessi mai visto. "Non si preoccupi di essere troppo piccola per un Atlan, mia cara. Lo so, per un signore della guerra di Atlan lei sembrerà un po' sottomisura, ma lei è la sua compagna. È stata abbinata a lui. Sarete perfetti l'uno per l'altra."

"Troppo piccola?" Mi stava prendendo per il culo? Era dalla quinta elementare che dovevo cercare abiti per taglie forti.

"Le femmine Atlan sono di trenta centimetri più alte della media delle donne terrestri, e gli Atlan hanno bisogno di donne abbastanza forti, che siano in grado di domarli."

"Che cosa significa, 'domarli'?"

"Non sono esseri umani, Tiffani. I guerrieri Atlan hanno una bestia che vive dentro di loro. Quando sono in battaglia, o vogliono scopare, la bestia viene fuori. Pensi a un intero pianeta con tutti uomini come l'incredibile Hulk. Lei potrà anche essere un po' troppo piccola per loro, ma la forza richiesta è mentale, oltre che fisica. Sarà perfetta per lui."

La mia mente ricorse alle mani enormi che mi avevano afferrato i polsi, al cazzo enorme che mi apriva, al petto massiccio premuto contro la mia schiena...

Fremetti. Non vedevo l'ora. Sì, lo volevo di nuovo. Se gli uomini Atlan erano così, eccomi pronta. Tutta per voi. "Va bene, sono pronta."

La custode ridacchiò. "Non così veloce. Prima dobbiamo rispettare i protocolli standard. Per il verbale, per favore dica il suo nome."

"Tiffani Wilson."

Annuì. "È o è mai stata sposata?"

"No."

"Ha figli?"

"No."

La custode continuò a farmi domande e le sue dita si muovevano veloci, la sua voce era monotona e robotica, come se avesse recitato quelle esatte parole centinaia di volte. "In quanto sposa, lei non farà mai più ritorno sulla Terra. È stata abbinata ad Atlan, e il suo trasporto verrà determinato e controllato dalle leggi e i costumi del suo nuovo pianeta. Rinuncerà alla sua cittadinanza terrestre e diventerà una cittadina del suo nuovo mondo in modo ufficiale."

Porca miseria. Le sue parole mi colpirono come una ventata gelida, e finalmente recepii l'enormità della mia decisione. Non sarei più stata una cittadina della Terra? Com'era possibile?

Un panico freddo e spirato mi risalì lungo la spina dorsale con dita gelate. Il muro alla mia sinistra si aprì rivelando una piccola nicchia illuminata da una luce blu fosforescente.

"Uhm…"

"Il suo compenso come sposa verrà donato alla Società Filantropica di Milwaukee, è corretto?" chiese la custode, come se non riuscisse a percepire la mia crescente preoccupazione. Smettere di essere una cittadina della Terra? Volevo un compagno, ma forse questo era troppo.

"Signorina Wilson?"

"Sì, sì..." Non avevo bisogno di soldi, dal momento che *non sarei più stata una cittadina della Terra*, e non avevo nessuna persona cara a cui donarli. Il mio calicò di quindici anni, Sofie, era morta di leucemia. I miei genitori erano morti tutti e due e i miei cugini vivevano in California, e non eravamo mai stati uniti. Ero solo al mondo, non avevo niente da perdere.

La mia sedia scivolò di lato e un grosso braccio metallico mi si fece incontro: aveva con un ago gigante a un'estremità. Mi spostai di lato provando a evitarlo.

"Non ti preoccupare, Tiffani. Serve solo per installarti la tua UNP."

"E che diavolo è?" Guardai l'ago con un forte senso di trepidazione.

"Unità neuro procedurale. Ti aiuterà ad apprendere e a capire la lingua di Atlan."

Ok. Rimasi immobile e strinsi le mani così forte che le nocche mi si fecero bianche. Quindi, una specie di traduttore universale alla *Star Trek*? Vabbè.

L'ago mi entrò nella pelle, proprio al di sotto della tempia, e io mi morsi il labbro provando a ignorare il dolore. Il congegno si ritirò lentamente, ruotò a sinistra, e ripeté il procedimento sull'altro lato.

Quando ritornò a posto, annidato dentro al muro, la mia sedia si inclinò e cominciai ad affondare in una vasca piena di calda acqua blu.

"L'elaborazione comincerà tra tre... due..."

Chiusi gli occhi. L'adrenalina mi faceva andare il cuore a mille mentre aspettavo che la custode dicesse "uno". Aspettai. E aspettai.

Sospirò. "Oh, no, non di nuovo."

La sedia si bloccò. Aprii gli occhi e vidi che la custode

era accigliata. Corse verso un pannello sul muro della stanza per gli esami.

Spalancai gli occhi, terrorizzata e confusa. "Che c'è che non va?"

Mi guardò velocemente e poi interruppe il contatto visivo. "C'è un problema al centro di trasporto su Atlan. Mi dispiace. È successo solo un'altra volta."

Ottimo. Non mi volevano. Lo sapevo, me lo sentivo. Il cuore mi implose dentro al petto, tutta la speranza a cui avevo dato carta bianca, la speranza di trovare finalmente un uomo che mi *volesse* per davvero, che mi vedesse bella e sexy e desiderabile… era svanita, e quel che rimaneva erano delle lame affilata conficcate nelle budella, il tutto peggiorato dal mio desiderio di avere qualcosa di diverso. "Va bene. Fammi uscire da questa sedia così posso ritornamene a casa."

La custode scosse la testa ignorandomi mentre parlava con qualcuno sullo schermo che non potevo vedere. Sentivo solo la voce attraverso gli altoparlanti. Era la voce di una donna, ma non riuscivo a capire cosa stesse dicendo.

"Che cosa succede, Sarah?" La custode fece una pausa, restò in ascolto. "Cosa? Ma è impossibile." Un'altra pausa. "Capisco. Quindi, cosa volete che io faccia?" Sentii che la sua voce si faceva sempre più agitata. "No, ha una compagna, ed è umana. È legata alla sedia proprio in questo momento, pronta per essere trasportata." Un lungo ritardo. "Non posso. I permessi per il trasporto sono stati disattivati in modo automatico. Me ne servono di nuovi." Sospirò. "Ok. Dammi cinque minuti."

La custode salutò e venne verso di me con un profondo cipiglio in volto. Aveva le spalle strette, i suoi passi erano corti, come se i muscoli fossero talmente tesi da renderle difficile il movimento.

"Che succede? Mi dica che cosa sta succedendo." Lottai contro le manette, ma la custode sollevò una mano per farmi calmare.

"Il suo compagno, il comandante Deek, è stato investito dalla febbre d'accoppiamento."

Non mi aspettavo di certo questo. Pensavo mi avrebbe detto che il mio compagno aveva cambiato idea. Febbre d'accoppiamento? "Che cosa significa?"

La custode sospirò. "I guerrieri Atlan sono davvero grandi; sono i guerrieri più grossi e più forti dell'intera flotta della Coalizione."

Le sue parole mi fecero contrarre la figa. Oh, sì, diamine, lo sapevo; eccome se erano grossi. "E quindi?"

"Quindi, come le ho già spiegato, possiedono anche l'abilità di entrare in quella che loro chiamano 'modalità bestiale'. Diventano ancora più grossi e forti, e questo può accadere mentre combattono, o mentre..."

"Scopano?" Il ringhio che rimbombava in profondità durante il sogno, quella conversazione a monosillabi, ora tutto cominciava ad avere un senso. Modalità bestiale. Diamine, quello sì che era eccitante. "Quindi? Sono come Hulk quando si arrabbia. Ho capito. Me lo ha già detto. Qual è il problema?"

"Se aspettano troppo a lungo prima di rivendicare una compagna, perdono il controllo del loro lato bestiale. Si trasformano e sono del tutto incapaci di trattenersi. In alcuni casi uccidono amici e alleati, uomini con i quali hanno combattuto fianco a fianco per anni. Al punto che nessuno può salvarli. Riconoscono e rispondono a un'unica persona nell'intero universo."

Aspettai. Riusciva a malapena a respirare.

"La loro compagna."

Mi rilassai, scaricai tutta la tensione che avevo nelle spalle. "Va bene. Ottimo. Mi mandi a conoscerlo. È questo quello che dicono le procedure, giusto? Se riconosce solo la loro compagna, lui riconoscerà me e terrà a bada la sua bestia."

Scosse la testa. "Non è così semplice. Gli Atlan sono collegati alle loro compagne attraverso delle speciali manette chirurgiche."

Mi ricordai delle bellissime manette dorate attorno ai miei polsi, delle strane decorazioni. "Quindi, se lo voglio aiutare ho bisogno di un paio di manette?"

"Deve già essere legata a lui, deve già essere la sua compagna se vuole controllare la bestia. Ma temo che ormai lui sia perduto."

"Perduto? Non posso ritrovarlo?"

"No, voglio dire che la bestia ha preso il sopravvento. Mi dispiace, Tiffani, ma non è più possibile salvarlo."

Non era possibile? Non era possibile salvare l'unico uomo in tutto l'universo che era perfetto per me, che mi voleva e mi amava e mi accettava? "E allora cosa gli accadrà?"

Infine, incrociai il suo sguardo, e avrei tanto voluto evitare di farlo. Negli occhi riuscivo a scorgere solo un pozzo profondo e tenebroso, pieno di dolore e pietà. "Il mio contatto su Atlan, una sposa che ho inviato un po' di tempo fa, dice che è in attesa di essere giustiziato."

2

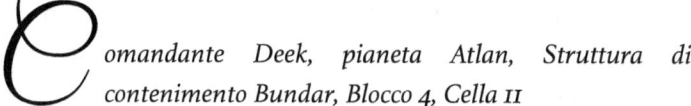

Comandante Deek, pianeta Atlan, Struttura di contenimento Bundar, Blocco 4, Cella 11

MI SVEGLIAI DI SOPRASSALTO, zuppo di sudore. La branda sotto di me era troppo piccola. Mi girai su un fianco. Tre giorni. Ero in quest'inferno da tre giorni. Quando avevo visto Dax rimangiato dalla febbre, ci aveva messo due settimane a soccombere completamente. Saliva con lentezza. Ma era iniziata nel bel mezzo della battaglia, e la sua furia era stata scatenata dall'adrenalina. Comprensibilmente, considerando quello che Dax aveva visto e aveva combattuto.

La maggior parte dei guerrieri Atlan venivano presi dalla febbre lentamente. Essa concedeva loro il tempo di trovare una compagna prima che la loro bestia interiore li sopraffacesse. Ma io non ero un normale guerriero Atlan, a quanto pare, perché mi ero trasformato da comandante in bestia in meno di un giorno.

Avevo infuriato per tutta la Corazzata Brekk, e ci erano

voluti tre guerrieri per mettermi a terra. Il signore della guerra Engel, in visita da Atlan – e senza ombra di dubbio con tutta l'intenzione di farmi pressione affinché sposassi sua figlia – era lì quando avevo perso il controllo, mi aveva visto attaccare un giovane guerriero Prillon. Io non riuscivo a ricordare nulla, la febbre era in uno stadio troppo avanzato, ma mi dissero che avevo creato il caos sulla nave. Un attacco già pianificato a un avamposto dello Sciame dovette essere posticipato, e le conquiste che avevamo fatto furono ribaltate. Nell'unità medica mi aveva diagnosticato un Complesso Bestiale di Fase Tre. Era la fase finale del deterioramento di un guerriero. La fase in cui la mia mente avrebbe ripreso il controllo sempre più di rado, fino a quando la modalità bestiale non mi avrebbe sopraffatto e io non avrei più fatto ritorno.

Non c'era cura, solo l'accoppiamento. Dovevo scopare la mia compagna in modalità bestiale, venire dentro di lei, marchiarla, reclamarla e farla mia. Scopare in modalità bestiale non era un problema. Potevo sentirla dentro di me, la rabbia che cresceva e cercava di venire fuori. Ma non avevo nessun soldato dello Sciame da uccidere, e nessuna compagna.

Niente. Se avessi fallito nel trovare una compagna, sarei stato una minaccia per tutti. E anche ora la mia febbre non accennava a diminuire. Ero disteso nella cella fredda, non dovevo combattere, non c'era nessuna donna nelle vicinanze a provocare la bestia, ma il mostro continuava a ruggire dentro di me. Ero zuppo di sudore. Le manette non riuscivano a bloccarmi. Le avevo divelte dal muro dopo cinque minuti che mi avevano ingabbiato. Sola il campo di forza gravitazionale era abbastanza forte da trattenere una bestia, e la mia cella era tutta circondata da quel potente campo di energia. La parte anteriore della cella sembrava fatta d'aria, ma io sapevo che non era così. Ieri notte mi ero lanciato contro il muro di energia, mentre ero in modalità bestiale. E nemmeno tutta quella forza poteva distruggerlo. La mia bestia ci aveva provato, e aveva perso.

E quindi, immediatamente dopo essere stato ritrasportato a casa, su Atlan, ero stato condannato in modo sommario alla pena capitale. Dax mi aveva fatto visita e mi aveva concesso quattro giorni di ritardo, sperando che la febbre diminuisse, o nell'apparizione di una compagna.

Ma da come mi sentivo – sempre al limite, la bestia che si aggirava furtivamente dentro di me, pronta ad attaccare – sapevo che la febbre non sarebbe finita. Ero costretto a scopare. Ma la donna che avevo davanti adesso non mi eccitava. Mi faceva solo arrabbiare.

Lasciai che un ringhio mi rimbombasse nel petto. Era tutto inutile. Come era potuto succedere? Ero dell'età giusta per la febbre, certo, ma non in questo modo! Non c'erano segni, né casi precedenti nella mia stirpe. Nessuno aveva mai perso il controllo in questo modo.

Mio padre era morto combattendo lo Sciame quando ero ancora un ragazzo, ma aveva servito l'esercito per molti anni ed era morto con onore. Mio nonno aveva combattuto per quasi dieci anni ed era tornato a casa, aveva trovato una compagna e lavorava ancora come consigliere dei membri del consiglio. Nessuno dei miei cugini era stato sconfitto dalla febbre. Io invece sì, ed ero una macchia sul buon nome di famiglia.

E ancora non riuscivo a capire cosa fosse successo.

Questa rabbia quasi incontrollabile mi aveva investito in modo così inaspettato e intenso da farmi perdere il senno. La mia mente pensava solo a confortare la bestia. Non riuscivo a pensare lucidamente, a parlare in modo coerente, seguendo una logica per difendere me stesso dalla condanna a morte. La mia bestia, irrequieta e nervosa per tutta la mia vita, era ora diventata selvaggia e incontrollabile.

Per la prima volta in vita mia, ero fuori controllo. E non mi piaceva nemmeno un po'.

L'unica via percorribile era trovare una compagna. In qualche modo, le femmine di Atlan che passavano davanti alla cella non facevano nulla alla bestia. Anche loro erano senza compagni, si offrivano volontarie per calmare le bestie dentro i guerrieri imprigionati, la loro ultima occasione per trovare una compagna e liberarsi della febbre. Spesso funzionava, ma la bestia dentro il guerriero doveva essere ricettiva, doveva *volere* una femmina. Scopare per avere un orgasmo con una donna sufficientemente attraente andava più che bene a ogni maschio di Atlan, ma non bastava durante la febbre.

Solo trovare una compagna avrebbe funzionato. Il guerriero nella cella alla mia sinistra aveva trovato una compagna degna. Riuscivo a sentire i rumori selvaggi che facevano quando scopavano. Grida di piacere, schiaffi bagnati, pelle contro pelle, e i forti ruggiti della bestia che risuonavano per i corridoi cavernosi. Questo braccio era quasi vuoto, eravamo giusto in tre, e venivamo tutti da famiglie ricche e rispettate.

Avevo il cazzo duro che pulsava. Mi strappai la parte anteriore dei pantaloni e cominciai a massaggiarlo provando ad alleviare il prurito. I rumori della scopata mi aiutavano a masturbarmi, pensavo a una compagna sotto di me, aperta per il mio cazzo, ansiosa di farsi prendere fino in fondo, di farsi possedere. Riuscivo a vedere le manette attorno ai suoi polsi, la connessione che veniva formata dal seme che versavo dentro di lei. Ma non riuscivo a vederla in volto. E quando un fiotto di seme mi finì in mano e sul pavimento, la febbre non diminuì. Né diminuì il bisogno che sentivo di trovare la compagna senza volto che sapevo non mi avrebbe salvato.

Mi stracciai la maglietta e la usai per pulirmi le dita, la gettai a terra e pulii il pavimento. Mi rimisi il cazzo nei pantaloni, ce lo avevo ancora duro, e feci un respiro profondo, e poi un altro.

Il fuoco che avevo nel sangue e la furia selvaggia non allentarono la presa. Cazzo. Se non riuscivo a guarire, mi avrebbero giustiziato. E forse quella era la cosa più giusta. La bestia era come una furia nella mia testa, un animale selvaggio che raschia il fondo della cella, disposto a morire pur di essere liberato.

"Ha... un buon aspetto, Comandante."

Voltai di scatto la testa verso quel saluto apprensivo. Aveva ragione ad aver paura. Oltre il muro di energia c'era il signore della guerra Engel Steen, e con lui c'era sua figlia, una bellezza di Atlan che mi era stata promessa in sposa sin da quando avevo cinque anni, la bellissima Tia. La mia bestia non aveva nessun interesse per lei, e da tempo ormai avevo capito che non era fatta per me. Mi guadavano come se fossi un animale esotico in uno zoo. E forse lo ero, intrappolato dietro al muro gravitazionale, osservato con curiosità dagli estranei, costantemente sorvegliato. Il suono del legame che veniva formato continuava a provenire dalla cella di fianco, e le guance di Tia si fecero di un rosa imbarazzato, la sua eccitazione impregnava l'aria. Io la guardavo, ispezionavo la sua veste gialla e i suoi seni grandi, sperando che la bestia si calmasse, che dimostrasse un minimo di interesse per una donna.

Nella cella di fianco, la donna gridò di piacere e il guerriero ringhiò. Quando si zittirono, seppi che la febbre del guerriero era stata calmata all'istante. Avrebbe presto lasciato la sua cella, confortato e con una compagna. Era di nuovo un guerriero libero.

Non mi importava che il guerriero avesse scopato con una femmina consenziente, che avesse sentito il suo corpo lussurioso sotto di lui, che si fosse goduto il caldo eccitante della sua figa, ma cazzo, sì se ero geloso che la bestia dentro di lui era stata finalmente appagata. Sembrava che niente potesse appagare la mia. Ogni giorno, in ogni momento, la mia bestia spingeva per prendere il controllo, come se fosse infettata dalla rabbia, impossibile da salvare. E anche ora, con una donna bendisposta davanti a lui, si aggirava acquattato intorno alla gabbia della mia mente. L'offerta di Tia non la soddisfaceva. La logica mi diceva che mi sarei dovuto prendere quello che mi era stato offerto dozzine di volte, che dovevo mettere Tia contro un muro e scoparla, permetterle di ammanettarmi e lasciarle fare del suo meglio per controllarmi, quando la mia bestia avrebbe infuriato contro le catene.

Pensavo a quella possibilità, e la mia bestia ringhiò come per avvertirmi. Non era interessata. Non avrebbe riconosciuto questa donna come compagna, la sua presenza non l'avrebbe domata.

"Quello potresti essere tu," disse Engel indicando con la testa l'altra cella. Guardò Tia, e un'ovvia domanda gli fece sollevare le sopracciglia. Una domanda a cui non potevo rispondere. Era la bestia a scegliere la compagna, non io, e la bestia non voleva Tia. Scoparla non sarebbe servito a niente. Per anni avevo riso in faccia ai guerrieri che avevano provato a spiegarmi questa cosa. Li avevo ignorati, a mio rischio e pericolo. Era la bestia che comandava. Io potevo solo starmene seduto e ringraziare gli dèi che la bestia mi avesse lasciato il controllo abbastanza a lungo per congedare i miei visitatori.

Tia fece un passo in avanti, avvicinandosi al muro di energia, e il profumo del suo olio per il corpo, di spezie e di fiori nerdera, mi avvolse.

La mia repulsione fece ringhiare la bestia. No. La conoscevo da tutta la vita, e sapevamo tutti e due che non la desideravo. La ammiravo, la rispettavo, ma la vedevo come una sorella. La mia bestia si rifiutava di farsi eccitare da lei. Infatti, si fece più arrabbiata ogni volta che si riproponevano le stesse parole, le stesse lusinghe. Engel voleva che sposassi sua figlia. La mia bestia non l'avrebbe accettata. Glielo avevo detto moltissime volte, ed Engel lo sapeva.

"Siamo venuti ad offrirti una seconda chance," continuò. "Comandante, ti giustizieranno tra tre giorni. Sono certo che preferiresti evitarlo."

"Seconda chance?" dissi, la voca roca e profonda, così insolita. Più che altro era la ventesima chance che mi si offriva, ma stetti zitto.

"Non ricordi?" chiese Tia, lo sguardo fisso sul mio petto nudo. Non potevo non notare il suo interesse o la sua eccitazione. Infatti, riuscivo a sentire l'odore dell'umido benvenuto della sua figa; ma la bestia era lì, in attesa, e si rifiutava di farsi tentare.

Era una donna alta, statuaria. L'esempio perfetto di sposa di Atlan. Aveva lunghi capelli neri che le scendevano lungo la schiena come una cascata, e la sua veste gialla, lunga fino ai piedi, metteva in risalto i seni perfetti. Proveniva da una famiglia d'élite, e aveva un colorito scuro che la rendeva perfetta. Era bellissima, ma la mia bestia non la voleva. Sarebbe stato tutto più semplice se l'avesse fatto.

Avevo paura di parlare. Temevo il ringhio della bestia, i suoi artigli. Scossi la testa.

"Giorno dopo giorno, la bestia dentro di te si fa sempre più forte. Siamo arrivati ieri. Tia si offre come compagna. Comandante, lasciati salvare."

"Dovrebbe essere lei a parlare." Non riuscii a stare zitto, perché sapevo che Engel non l'avrebbe accompagnata se non per un suo personale tornaconto. Ma non sapevo quale fosse. In quanto membro della classe dominante, era stato a capo delle spedizioni interplanetarie per più di dieci anni. Era un uomo potente, ricco e ben agganciato, un veterano decennale nelle guerre contro lo Sciame. Engel non sarebbe mai venuto qui a dare in pegno sua figlia, a starsene lì impalato mentre una bestia se la scopava, solo per trovarle un compagno. Lei aveva l'imbarazzo della scelta, in quanto a spasimanti.

"Perché proprio io?"

Le guance di Tia arrossirono e si morse il florido labbro inferiore in una mossa che aveva provato e perfezionato. Lo sapevo. Prima di unirmi alla Flotta della Coalizione, l'avevo vista usare quello sguardo decine di volte per tentare i guerrieri. "Sono qui di mia spontanea volontà," disse Tia. "Lo sai che a te ci tengo, sin da quando ero una ragazzina. Ci conosciamo da anni, e desidero forgiare questa unione. Ti trovo... attraente. Staremo bene insieme."

L'ammissione di Tia sorprese me e la mia bestia. Lei era interessata a me, ma la mia bestia la trovava insignificante. Sapevo che il desiderio della bestia si sarebbe acceso come una vampa di fronte alla compagna giusta, eppure finora non era successo. Mi ero scopato tantissime donne, innumerevoli, ma Tia non era alla ricerca di una sana scopata con un guerriero condannato. Lei voleva essere la mia compagna. Per sempre. Voleva che le lasciassi il controllo della bestia.

"Perché proprio io, Tia?"

"Eri il mio migliore amico. Sei sempre stato tu quello giusto, fin da quando andavamo all'asilo. Lo sai che ti ho sempre seguito ovunque tu andassi, come un'ombra. Sempre. Non voglio vederti morire, Deek. Ti prego. Voglio passare il resto della mia vita al tuo fianco, come tua compagna."

La bestia ruggì. "No," gridò spingendosi in avanti. La pelle mi si fece tesa e il calore della bestia mi ruggì attraverso le vene. I muscoli del collo si ingrossarono e le braccia e la schiena si ingrandirono, allungandosi per accomodare gli sforzi della bestia che voleva essere liberata. La rispinsi indietro, riuscendo a malapena a trattenermi. Tia sussultò e indietreggiò.

"E allora morirai," disse Engel; il suo sguardo era carico d'odio. Non l'avevo mai visto così. Non era mia intenzione fare del male a Tia, ma era la bestia ad avere il controllo, ed essa era stanca che le gettassero in pasto sempre la stessa femmina, ancora e ancora, nonostante i suoi rifiuti.

Respirai a fondo, provando a calmare il cuore che mi batteva all'impazzata. Poi, risposi: "Io la prenderei, la scoperei qui, adesso, contro il muro. Non sarei gentile. Le farei del male, Engel, la sua presenza non placa la mia furia. Vuoi che le accada questo?" Strinsi le mani a pugno.

Tia mise una mano sulla spalla di suo padre. "Lascia che gli parli, padre."

Engel annuì, mi rivolse uno sguardo arcigno, e poi se ne andò.

Tia stette lì. Si mosse verso il lato del muro gravitazionale, tirò fuori un piccolo borsellino nero dalla tasca, lo mise nel cassetto che utilizzavano per passarmi gli oggetti senza dover correre rischi. Premette un bottone e il cassettino scivolò attraverso il muro ed emerse dal mio lato della cella di contenimento.

Aprii la grata e vidi l'oggetto a cui mia nonna teneva di più, un cimelio di famiglia che era stato donato alla stirpe di Tia tre generazioni fa. Sapevo già cosa c'era dentro il borsello intarsiato ma, lo stesso, non resistetti. Lo aprii e feci scendere tutti la collana d'oro nel palmo della mia mano.

La guardai, poi guardai Tia. "Perché me la stai dando?"

"Hai paura di poter essere troppo rude per me, che la bestia dentro di te potrebbe farmi del male. È un regalo per la bestia. Forse, toccare qualcosa che ha toccato la mia pelle allevierà la tua febbre, anche solo di un po'."

Sollevai la collana. Gli anelli di grafite e oro erano freddi al tocco, lisci. Se quel regalo doveva rendermi pacifico, non stava funzionando. Niente di quello che Tia poteva darmi avrebbe funzionato, perché non era lei la mia compagna. La mia vita sarebbe stata enormemente più facile, se la bestia l'avesse accettata. Ma si rifiutava.

Rimisi la collana dentro il borsellino e lo ridiedi a Tia usando il cassetto. "Tienilo, Tia. Quando troverai il tuo compagno, quello a cui sei destinata, la tua collana e la tua voglia non verranno rifiutate."

"Ti prego, Deek. Provaci, almeno..." Si portò una mano alla spalla e si scoprì la spalla, il collo, e la maggior parte del seno.

"No." Alzai la voce, la bestia voleva mandarla via. Lei

non era la mia compagna, e la bestia desiderava farle sapere che non doveva ritornare. Non avevo nessuna voglia di sprecare il poco tempo che mi rimaneva dandole false speranze. "Tia, eravamo amici da bambini, ma è stato molto tempo fa. Io non sono più lo stesso uomo. Tu non sei la mia compagna, per quanto vorrei che tu lo fossi. La bestia riesce a sentire l'odore del tuo desiderio, il calore bagnato della tua figa. Ma non ti desidera. Non mi permetterà di toccarti. Mi dispiace."

I suoi occhi si accesero di rabbia, inclinò il mento e per un attimo rividi la bambina piantagrane che ricordavo tanto bene. "Sei così testardo, Deek! Di' alla tua bestia di chiudere il becco e accettare quello che le viene offerto!"

"Non posso. Non funziona così."

"Perché no? Preferisci morire?"

"Non è una mia scelta. È la bestia che mi controlla adesso. Se non trovo la mia vera compagna, se lei non riesce a calmare questa febbre, se la mia bestia non si arrende a lei, allora sì, muoio più che volentieri. Non posso vivere con questa febbre che mi infuria nel sangue."

Ero preparato a morire. L'espressione sciocata di Tia mi sorprese. Perché la mia onestà la affliggeva? Si aspettava che cambiassi idea e la prendessi solo perché ero disperato? La bestia non l'avrebbe mai permesso. La bestia sarebbe morta, piuttosto. Ed era questione di giorni. Engel aveva ragione su una cosa... il mio tempo stava per finire.

Contrasse le labbra, come se volesse dire qualcosa, ma restò in silenzio. Si riprese la collana e mi guardò per un minuto che sembrò un'eternità.

"Addio, Deek. Spero che tu riesca a trovare quello che cerchi. E se cambi idea, le guardie sanno come trovarmi."

"Grazie, Tia. Ma non cambierò idea."

Annuì. Girò i tacchi, si aggiustò il vestito per coprirsi e se ne andò. Sapevo che non sarebbe ritornata.

E lei era veramente l'unica mia chance di sopravvivere?

La bestia dentro di me disse di no. Non la voleva. Non le piaceva. Non le era mai piaciuta.

Eppure, la bestia continuava a scatenarsi. Voleva la sua compagna.

Mi lasciai cadere sul letto, la testa tra le mani. La bestia mi premeva contro la mente come una marea che si affrettava sulla riva per spazzare via quel che rimaneva della mia sanità mentale.

La mia compagna non sarebbe arrivata, io sarei morto.

Tiffani

"Giustiziato?" In un futile attacco di panico tirai le cinghie che mi tenevano bloccata al tavolo nella stanza per l'elaborazione. "No, non possono ucciderlo."

La custode sorrise in modo triste. "Temo che funzioni così su Atlan. Una volta che un uomo viene invaso dalla febbre, non c'è redenzione."

"Ma lui ce l'ha una compagna! Sono io! Io posso guarirlo, posso salvarlo!" provai a implorarla. C'era stato uno sbaglio. Non poteva essere vero. C'era un uomo che mi voleva e lo volevano giustiziare? Non poteva essere così. "Mi mandi lì. Il protocollo ci ha abbinati. Ufficialmente, per la legge aliena, lui è mio. Giusto? È già il mio compagno. Tutto questo non mi dà qualche diritto? Ho il diritto di vederlo. Esigo di vederlo."

La custode sollevò le sopracciglia disegnando un arco severo. Mi contemplava. Guardò al di sopra delle sue spalle e disse: "Hai sentito, Sarah?"

La custode restò in ascolto. Annuì. Stava parlando con qualcuno all'altro capo dell'universo. Se non mi fossi trovata in un centro elaborazione, avrei creduto che fosse pazza. Soprattutto perché io non riuscivo a sentire una sola parola di quello che l'altra donna diceva. La sua voce era fioca, e l'unica cosa che sentivo era la rabbia che mi pulsava nelle orecchie. "E se qualcosa va male?"

Una voce profonda, rimbombante, si sentì attraverso l'altoparlante: era molto più forte e molto più autoritaria. Mi ricordò la voce della mia visione, e un brivido di rinnovato bisogno mi attraversò la pelle. "Non c'è spazio per gli errori. Se viene qui, deve affrontare tutto. Se fallisce, muore," rimbombò la voce spaventandomi.

La custode Egara si girò verso di me e io mi feci ancora più risoluta. Nessuno, e intendo nessuno, me lo avrebbe portato via. "Non fallirò. Lui è mio."

La custode annuì e si voltò di nuovo verso lo schermo, verso il grosso maschio di Atlan che potevo udire ma non vedere. "Le credo, Generale. Penso che dovremmo permetterle almeno di provare."

"Ottimo. Non sono pronto a rinunciare al comandante. Ce la mandi. Faremo in modo di farglielo vedere."

La custode Egara si inchinò prima di rispondere, come se stesse parlando con un nobile, o una cosa del genere. "Come desidera, Generale Dax. Se mi invia i codici di trasporto, inizio immediatamente la procedura."

"Dovrebbero arrivarle da un momento all'altro."

Mentre l'uomo parlava, le luci blu dietro di me cominciarono a lampeggiare, a farsi più luminose, e la mia sedia cominciò a muoversi. "Che succede?"

"Ricevuto. La ringrazio. La compagna del comandante arriverà presto." La custode Egara chiuse la chiamata e mi si fece incontro con un sorriso triste in volto. "Buona fortuna, Tiffani. La mando dal Generale Dax e dalla sua compagna, Sarah. Anche lei viene dalla Terra, è stata abbinata di recente. La aiuteranno a infiltrarsi per vedere il suo compagno."

Non sembrava una bella cosa. Illegale. Pericolosa.

"Infiltrarmi? Perché dovrei infiltrarmi?"

"Il suo compagno si trova in una prigione Atlan, cara. Nel braccio della morte, come lo chiamiamo noi. E lei non è una femmina Atlan, o un membro della sua famiglia."

Non aveva senso. Non aveva commesso nessun crimine, aveva solo lasciato che la sua natura genetica facesse il suo corso. Ma io avrei commesso un crimine col vederlo? Ero io quella che doveva infrangere la legge?

"Ma io sono la sua compagna. E lei ha detto che adesso sono una cittadina di Atlan. Dovrebbero permettermi di vederlo. Non dovrei infiltrarmi da nessuna parte."

La custode annuì. "Giustissimo, ma le regole sono regole. E solo alle donne di Atlan è permesso l'accesso alle strutture di contenimento. Buona fortuna. Spero che riusciate a salvarvi tutti e due." Controllò un'ultima volta il suo tablet ed ebbi un déjà vu nel vederla che sollevava la testa a parlava. "Quando si sveglierà, sarà su Atlan. Il suo trasporto inizierà tra tre... due..."

Mi irrigidii, aspettando quell'ultima parola, chiedendomi in che diavolo di guaio mi stessi cacciando. Infiltrarmi in una prigione? Braccio della morte? Modalità bestiale? Oh, cazzo.

"Uno."

La luce blu lampeggiò e fui immersa in una pallida acqua bluastra. La porta sopra di me si chiuse, bloccandomi dentro, e mi sembrò di trovarmi dentro un uovo. Chiusi gli occhi e aspettai, terrorizzata, ma più restavo nell'acqua, più mi calmavo.

Che diavolo, mi stavano drogando? L'idea di infiltrarmi in una prigione non sembrava così brutta. Né l'avere un amante per metà bestia. Mi sentivo... rilassata.

Sentii un bisogno irrefrenabile di dormire, chiusi le palpebre e sì, senza dubbio mi stavano imbottendo con qualche schifezza per farmi sentire bene; era nell'aria o nell'acqua, e beh, semplicemente non mi importava.

3

Tiffani, pianeta Atlan, Fortezza del Generale Dax

Mi svegliai su un morbido letto che faceva sembrare quello matrimoniale che avevo a casa un letto per bambini. La mia guancia era poggiata su un cuscino morbido come la seta. Toccai quel morbido tessuto color crema e mi guardai attorno. Ero atterrata in un cavolo di castello delle fiabe. La stanza era più grande del mio appartamento sulla Terra, i muri sembravano fatti di un pallido marmo blu e grigio. Dei lussuosi tappeti, con scene di uccelli e alberi dagli strani colori, ricoprivano il pavimento, e una tettoia enorme sormontava il letto facendomi sentire come se mi trovassi all'interno di un circolo segreto.

Dei motivi elaborati decoravano le modanature a soffitto bianche, con sprazzi d'oro e peltro grigio che assomigliavano in modo curioso alle manette che avevo attorno ai polsi durante il mio sogno. E ogni oggetto, dal divano alla sedia dall'altra parte della stanza, ai cuscini, era più grande di qualunque altro avessi mai visto in vita mia. Ma quanto erano grandi questi guerrieri Atlan? E quanto grosse erano le loro donne? Un bambino umano avrebbe avuto bisogno di una scaletta per salire su quel divano.

"Sei sveglia." La voce era familiare, di donna, e parlava in inglese. Mi girai e vidi una piccola moretta che mi sorrideva. Era vestita come una principessa, con una lunga veste verde che fluttuava, i capelli raccolti in uno chignon così elaborato che mai e poi mai sarei stata in grado di riprodurre. I suoi occhi erano di un marrone caldo, carichi di empatia mentre mi guardavano. "Come va la testa? Le UNP possono essere brutali i primi giorni."

"UNP?" sbattei le palpebre e provai a sedermi. Quando mi mossi, il dolore alla tempia mi colpì come un punteruolo, facendomi gemere.

"Sì, come pensavo." Sorrise e si sporse in avanti tenendo in mano una specie di bacchetta blu che luccicava. Me la agitò vicino alla faccia. "Sta' ferma. La bacchetta ReGen ti aiuterà con questo mal di testa."

"Grazie." Rimasi ferma, seguendo con gli occhi la bacchetta che si muoveva avanti e indietro, chiedendomi che cosa cavolo stesse facendo. Ma sembrò d'aiuto, e il mal di testa svanì. E così la nausea. E, qualche minuto dopo, grazie a Dio, anche la stanza smise di girare. Me ne serviva una, di quelle.

"La UNP è un traduttore. Io ovviamente parlo inglese, ma gli Atlan no. Ti permette di capire ogni lingua. Va meglio?" chiese.

Annuii, non sentivo un minimo dolore.

Ritrasse la bacchetta ReGen e la spense. La posò su un

comodino decorato con macchie dorate vicino al letto e poi mi porse la sua mano sinistra. "Io sono Sarah."

"Tiffani."

"Piacere di conoscerti." Mi strinse la mano, la sua presa era calorosa e salda. Notai gli eleganti bracciali intarsiati che portava al polso.

"E quindi, anche tu sei stata abbinata a un Atlan?"

Aveva un sorriso largo un chilometro che mi dava speranza. "Eh già. Dax è tutto mio. Abbiamo avuto un inizio difficile, ma stare qui mi piace un sacco. E dimmi, come va sulla Terra?"

Sembrava una domanda strana, ma effettivamente non mi trovavo più sulla terra. "Uhm, beh, sempre allo stesso modo, penso."

"Da dove vieni?"

"Dal Wisconsin."

Sarah annuì. "Io sono la figlia di un soldato. Mi sono trasferita talmente tante volte che nessun posto mi sembra casa mia. Mi manca la Terra, ma anche no. La mia casa è qui, e presto sarà così anche per te."

Mi spostai verso il lato del letto e mi guardai. Indossavo una veste simile a quella di Sarah, ma invece di essere verde e dorata era di un rosso bordeaux scuro che sapevo faceva risaltare i rossi colpi di sole nei miei capelli. Mi stava a pennello, e chissà dove cavolo l'avevano presa. Non è che quando ero a casa potevo comprare qualunque cosa volessi, e di certo non erano andati a fare shopping mentre dormivo. I miei polsi erano nudi.

Dovette leggermi nel pensiero. "Oh, non è perfetto, quel colore? Ti fa risaltare gli occhi."

"Sì. Io... grazie. Ma dove l'avete preso?"

Sarah si alzò e cominciò a camminare attorno al letto.

Avanti e indietro, facendomi innervosire. "Non ti preoccupare. Ce l'ha prestato una delle sorelle di Deek. Ha più o meno la tua taglia, abbastanza piccola per una Atlan, ma dovrà andarti bene fino a quando non ti troveremo qualcuno che sappia cucire."

Piccola per una Atlan? Ah, quindi la custode Egara non stava scherzando.

Balzai in piedi, provando a riabituarmi ad avere le gambe sotto di me. A dire il vero, il vestito era un po' largo, ma mi faceva bellissima. Mi abbracciava i seni grandi, una fascia d'oro li ricopriva e li sosteneva e li spingeva in alto. Avevo visto qualcosa di simile in televisione, le toghe degli antichi Romani e dei Greci. "Si vestono come gli dèi greci?"

Sarah scoppiò a ridere, e io continuai a esaminare il vestito. "Solo le donne. Aspetta di vedere i ragazzi e le loro armature. Urrà per noi, baby." Scosse le sopracciglia. "Non riuscirai a smettere di toccare il tuo uomo."

A me andava più che bene, ma mi fece anche ricordare qual era il mio obiettivo. "A proposito di compagni, la custode Egara mi ha detto che giustizieranno il mio."

Sarah si bloccò. Mi guardò. "Sì. Non hai molto tempo. Se non trova una compagna e non dimostra di riuscire a controllarsi, lo giustizieranno. Tra tre giorni. Dax è fuori di sé, sono ottimi amici. Cammina avanti e indietro da ore. Aspettavamo che ti svegliassi."

"Quanto tempo ho dormito?"

"Mezza giornata. Il tempo scorre allo stesso modo qui, più o meno. I loro giorni durano ventisei ore, ma io sono sempre stata un gufo, e quindi le giornate più lunghe non mi danno fastidio."

"Ok." Adesso di quello non mi importava, ma lo tenni a mente. Avevo tre giorni – e ognuno veniva con due generose ore in più – per salvare il mio compagno e controllare la sua bestia. Non ero sicura di come avrei fatto, ma ero disposta a tutto. Quel guerriero Atlan era mio, e non avrei permesso che gli accadesse nulla. "Andiamo. La custode Egara mi ha detto che mi avresti dato una mano."

Sarah si diresse verso la porta e la aprì. Io ero dietro di lei. Lasciammo la stanza lussuosa e imboccammo un lungo corridoio che sembrava progettato da un arredatore di interni con un fondo cassa infinito. Non conoscevo gli artefatti allineati lungo il corridoio, i vasi e i tavoli intarsiati, i murales e i fiori freschi che stavano dappertutto, in ogni colore immaginabile. Non sapevo come chiamassero tutta questa roba, ma la puzza di denaro si sentiva lontano un chilometro.

Mi schiarii la gola. "Quindi, tu sei una principessa? Mi sembra di stare nel castello di Cenerentola."

Sarah si mise a ridere. "Sì. Dax è un generale celebrato, un signore della guerra. Quando gli uomini Atlan ritornano dalla guerra, vengono trattati come dei re. Abbiamo un altro castello nelle terre del nord che non ho nemmeno mai visto, e più soldi, terre e titoli di quanti non riesca a ricordare."

Se fossimo state sulla Terra e lei avesse parlato così, avrei pensato che fosse tronfia, ma non sembrava affatto il tipo.

E un momento dopo fui completamente scioccata. Conoscevo un sacco di veterani che erano ritornati a casa dalla guerra e non avevano nemmeno una casa. "Come fanno a comprare tutte queste cose per i loro veterani? È stupefacente."

Sarah mi guardò, gli occhi tristi, e aprì un'altra porta. "Non sono in così tanti a ritornare. Combattono in prima linea. So com'è. Ci sono stata, io stessa ho combattuto per la Coalizione. Combattono come demoni, ma o vengono uccisi in battaglia o perdono il controllo della loro bestia. Solo i guerrieri più forti tornano a casa, e vengono trattati come degli dèi."

Sorrisi. "Quindi, il tuo compagno è un dio."

Il suo sorriso era malizioso. "Sì. E anche il tuo."

Tenne la porta aperta e mi lasciò entrare per prima in una lunga sala da pranzo con un tavolo per trenta persone. Le sedie di legno nero avevano lo schienale alto ed erano piuttosto strane. Seduto a capotavola c'era un gigante.

Sì alzò e io mi sentii piccola piccola. Cazzo se era enorme. Ben più alto di due metri, con le spalle grandi due volte le mie. Era vestito con un'armatura che gli fasciava ogni muscolo, dagli addominali scolpiti alle cosce marmoree, e sapevo di aver spalancato la bocca, ma non riuscivo a chiuderla.

Sarah chiuse la porta dietro di noi e andò verso il suo compagno. Lei era alta probabilmente un metro e settanta, e sembrava una bambina di fianco a lui.

"Benvenuta nella nostra casa, Tiffani. Io sono Dax."

La sua voce profonda mi rimbombò dentro, e avrei indietreggiato, ma Sarah era avvinghiata alla vita del suo compagno, come se fosse un enorme orsacchiotto di peluche. Avevo paura che potesse distruggermi con un dito, ma dovevo concedergli il beneficio del dubbio. Non parlava in inglese, ma mentre questo pensiero mi attraversava la mente, lo strano processore che mi avevano impiantato nel cranio tradusse ogni parola direttamente dentro la mia testa, come un pensiero. Stupefacente. "Mi chiamo Tiffani Wilson. Piacere di conoscerti."

Mi fece cenno di sedermi, ma ero troppo nervosa. Volevo andare a vedere il mio compagno. Era per lui che mi trovavo qui, e dal momento in cui Sarah mi aveva detto che gli rimanevano solo tre giorni, sentivo come una bomba a orologeria dentro la testa. Tre giorni non erano molti.

Sul tavolo di fronte a Dax c'erano dei bracciali d'oro, due simili a quelli che indossava Sarah, e due molto più grandi. Guardai Dax e confermai i miei sospetti. Indossava dei bracciali identici a quelli di Sarah, solo che erano più grandi.

Notò la mia attenzione. "La sorella del comandante Deek ha portato questi per te. Sono intarsiati con i simboli della casata di Deek."

"Il suo nome è Deek?" chiesi. Era la prima volta che lo sentivo e volevo saperne di più.

"Sì, è un comandante di Atlan, dalla Corazzata Brekk. Ha servito per dieci anni, e io con lui. Mi ha salvato la vita più e più volte, e non voglio vederlo morire."

Impressionante. Non fece che intrigarmi ancora di più.

Mi avvicinai al tavolo e presi un bracciale. Degli svolazzi d'oro e di peltro creavano un complesso motivo sullo spesso strato d'oro. Al di sotto, così piccolo che era quasi impossibile vederlo a occhio nudo, vidi un circuito elettronico di qualche tipo. Confusa, sollevai lo sguardo e vidi che sia Dax che Sarah mi stavano osservando.

"Pensavo che questi fossero degli anelli nuziali, o cose del genere. Ma sono pieni di circuiti. A cosa servono, esattamente?"

Sarah parlò per prima. "Una volta che tutti e due li indosserete, sarete legati l'uno all'altra. Non sarai in grado di allontanarti da lui senza sentire un fortissimo dolore fisico."

"Cosa?" Che fesseria. "Come un guinzaglio?"

Sarah sollevò gli occhi al cielo. "Non c'è nessuna catena ma, fidati di me, gli starai vicino. Se ti allontani troppo, è come prendersi una scarica di Taser."

Aprii la bocca per sollevare una domanda, ma Dax mi interruppe.

"Sarà la stessa cosa per lui, Tiffani. Stare vicini alle nostre compagne è l'unica cosa che tiene a bada la bestia. Ci conforta sapere che la nostra compagna è vicina a noi. Una volta che sarete veramente legati, quando lui avrà sopraffatto la febbre, potrai scegliere di indossare i bracciali o meno. Ma, all'inizio, servono per proteggerti. Se riesci a metterglieli attorno ai polsi, saranno la tua occasione migliore per salvargli la vita."

Senza pensarci nemmeno un momento presi il bracciale più piccolo e me lo misi al polso, e un senso di finalità mi si poggiò sulle spalle non appena il bracciale si chiuse da solo. Non c'era nessuna serratura, era impossibile rimuoverlo.

Troppo tardi per ripensarci. Avevo attraversato mezza galassia per salvare il mio compagno. Non mi sarei fatta fermare da un paio di manette. Mi misi l'altro bracciale all'altro polso, presi il paio più grande e lo tenni sollevato. "Va bene. Come glieli metto?"

Dax fece un respiro profondo. "Con estrema cautela."

Annuii. "Va bene. Facciamolo. Sono pronta."

Sarah scomparve per un attimo e ritornò con un ampio mantello con il cappuccio. "Ecco, indossalo."

Mi infilai il pesante mantello bordeaux e me lo chiusi davanti. Sarah annuì in modo vigoroso: "Bene. Ora mettiti il cappuccio."

Tirai su il cappuccio e mi eclissò buona parte della faccia.

Dax mi toccò la spalla. "Eccellente. Tieni nascosti i bracciali quando sei dentro. E, qualunque cosa tu faccia, non guardare nessuno, e non toglierti il mantello fino a quando non ti diamo il segnale."

"Qual è il segnale?"

Sarah era così eccitata che stava praticamente danzando. "Dax ha un amico dentro la prigione. Ha servito anche il comandante. Spegnerà il sistema di sorveglianza dentro la cella di Deek, e voi due sarete da soli."

"Rimarremo dentro la prigione?" Non ci avevo mai pensato. Quando la custode Egara aveva detto che dovevo infiltrami, avevo pensato che poi avrei dovuto tirare fuori il mio compagno.

Sarah annuì.

"Vieni. È tempo." Dax uscì velocemente dalla stanza e io facevo fatica a tenere nascosti i bracciali.

Sarah si fece avanti, mi prese i bracciali dalle mani e mi mostrò dove fossero le tasche del mantello, e subito li nascose tra le pieghe profonde del tessuto. "Senti, Dax non si sente a suo agio nel parlare di queste cose di fronte a te, ma se vuoi salvare Dax, dovrai essere disposta a fare qualunque cosa occorra."

Ero lì proprio per quel motivo. "Ho attraversato mezza galassia per reclamare un uomo dal braccio della morte. Penso di avervi dimostrato che sono disposta a tutto."

Sarah mi mise una mano sulla spalla e mi lanciò un'occhiata al di sotto del cappuccio. "Bene. Perché dovrai mettergli questi bracciali ai polsi così da connetterlo a te, così che la sua bestia possa percepirti e cominciare a darsi una calmata. E, l'unico modo per riuscirci, è avvicinarsi. Parecchio."

Mi morsi il labbro. "Mi farà del male?"

Sarah scosse la testa. "Non lo so. In una situazione normale, assolutamente no. Nessun guerriero Atlan farebbe mai del male a una donna. Ma lui è preda della febbre, non so cosa farà."

"E quindi... come dovrei fare per calmarlo?"

Sarah aveva un sorriso contagioso, e io avrei sorriso di rimando se non fossi stata quasi in preda al panico. "Scopatelo fino a farlo impazzire. Concediti a lui e lascia che la bestia ti scopi a sazietà, e poi schiaffagli quei bracciali ai polsi quando meno se lo aspetta. Non ti preoccupare. La bestia dovrebbe riconoscerti come compagna, bracciali o meno."

Sollevai le sopracciglia. Era un compito vivido e carnale. Dax ci gridò di sbrigarci. Sarah mi afferrò la mano e mi condusse fuori.

"E non preoccuparti, Tiffani. Sono grossi come Hulk, ma poi ritornano... normali."

Ottimo. Non stavo con un uomo da cinque anni, e sembrava che mi stessi imbarcando verso la prigione. Nello spazio. Con un alieno gigante in modalità bestiale. E perché pensarci mi fece inturgidire i capezzoli?

4

Tiffani, Prigione Bundar, Blocco 4, Cella 11

MI TIRAI il cappuccio sugli occhi, attenta a non rivelare i bracciali che sembrava pesassero una tonnellata attorno ai miei polsi. Non erano niente del genere, ma non riuscivo a dimenticarmene, non riuscivo a non pensare a cosa significassero. Eravamo da qualche parte nel Blocco 4. Non avevo idea di quanti prigionieri tenessero rinchiusi qui; la maggior parte delle celle davanti a cui eravamo passati erano vuote.

Ma non queste.

Giganti nudi poltrivano nelle celle e più li vedevo e più mi arrabbiavo. Mi sembrava di camminare tra le tigri di uno zoo. I guerrieri Atlan erano tutti enormi, le loro spalle erano ampie come quelle di Dax, mentre lo seguivo lungo gli sterili corridoi color crema. Alcuni erano grandi quanto Dax, ma altri dovevano evidentemente essere nella loro modalità bestiale. Erano più alti di lui di venti centimetri, i loro muscoli talmente tanto ingrossati che sembravano finti. I corpi erano magnifici, pieni di muscoli così ben definiti che potevo tracciare con gli occhi ogni tendine e ogni nervatura. Sembravano davvero degli dèi in mezzo agli uomini, ma i loro volti? Avevano occhi feroci, da predatori; denti aguzzi; e la loro attenzione era concentrata su di me mentre passavo, in modo così assorto che ogni volta che uno ringhiava o scattava verso di me mi faceva saltare e perdere l'equilibrio.

Dax era lì, mi afferrava prima che potessi cadere e mi rimetteva in piedi. L'unica cosa che mi separava da quegli uomini era un invisibile campo di forza. Lampeggiava ogni volta che un uomo bestia gli sbatteva contro per caricarmi. Il potere del muro lo rispingeva indietro facendolo ululare dal dolore. Si accucciava, poi, come un animale, e mi osservava.

Ero al sicuro, protetta da questa barriera invisibile. Era meglio delle sbarre delle prigioni sulla Terra.

Dio, dovevo avere a che fare con tutto questo? Era un Atlan come *quello* l'uomo che sarebbe dovuto diventare il mio compagno? Dovevo fidarmi di lui, non mi avrebbe fatto del male?

Oh, cazzo.

"È lui?" sussurrai.

Dax mi lasciò andare e quasi sperai che non l'avesse fatto; il calore gentile delle sue mani enormi mi impediva di andare nel panico. "No."

Sarah scosse la testa e si affrettò per afferrarmi la mano. Ero sollevata dalla loro presenza. Come potevo farlo? Come avevo anche solo potuto pensare che potevo scopare il mio compagno per farlo uscire dalla modalità bestiale? Chiaramente mi ero illusa riguardo al significato di *modalità bestiale*.

"Shhh," disse Sarah. "Cella undici. Ricordatelo."

Sì, ora me lo ricordavo. Dax ricominciò a camminare e io lo seguivo, il braccio di Sarah stretto al mio per mostrarmi il supporto morale di cui avevo un bisogno disperato. Forse mi teneva stretta così che non cambiassi idea e non scappassi a gambe levate. Il mio compagno era un loro amico, e loro non volevano vederlo morire. Se potevo salvarlo, mi avrebbero trascinata scalciante e lungo il corridoio, se solo ce ne fosse stato bisogno.

"Non sarà così. Non può essere così. Te lo prometto," disse Sarah.

Un brivido mi corse lungo il corpo e mi morsi il labbro inferiore. Se gli uomini Atlan diventavano così quando perdevano il controllo delle loro bestie – una *cosa*... selvaggia dentro di loro – d'improvviso tutta la faccenda dell'esecuzione aveva senso. "Come lo sai? Quando l'hai visto l'ultima volta?"

Sarah mi strizzò il braccio mentre Dax svoltava l'angolo verso l'ultima cella. "Due giorni fa. Parlava ancora, e sembrava piuttosto normale." Mi lasciò andare il braccio, mi abbracciò velocemente e sospirò. "Incrociamo le dita, Tiffani. Non scoraggiarti. Deek non è solo un ottimo comandante, ma anche un grande signore della guerra. Un grande Atlan. Supererete tutto questo."

Non risposi. Seguii Dax, e vidi il mio compagno per la prima volta.

Era accucciato al centro della stanza, ci stava aspettando, come se ci avesse sentiti arrivare. Non ringhiò niente, ma i suoi occhi tenebrosi ci ispezionarono con l'interesse del predatore, e sentii che le mani cominciavano a tremarmi. Cazzo.

Era bellissimo, ancora più grande di Dax, almeno al

momento. Laddove la bestia che aveva appena ringhiato me l'aveva fatta fare addosso, la bestia di Deek sembrava più calda, il corpo completamente sotto il suo controllo. Me lo vedevo sul campo di battaglia che a mani nude faceva a pezzi i suoi nemici. Gettategli addosso un kilt e una spada lunga e ogni singola donna della Terra avrebbe ansimato per la lussuria, nonostante la vista terrificante dei suoi denti. Mosse gli occhi su di me per ispezionarmi.

Sapevo che non poteva vedere molto, non con il mantello gigante che mi aveva praticamente inghiottita, ma Deek non distolse gli occhi da me, mentre Dax si avvicinava al campo di forza. Guardò l'angolo più vicino a noi, là dove c'era la telecamera di sorveglianza. Era piccola, non più grande di una moneta, ma Sarah mi aveva detto che riusciva a vedere e a sentire ogni cosa.

"Saluti, comandante."

"Dax." La bestia si mosse, alzandosi dalla sua posizione accucciata e rivelandosi in tutta la sua altezza. Si fece avanti, avvicinandosi, fino a quando i due guerrieri si guardarono negli occhi, separati solo dal campo di forza. Feci un passo indietro, stupita e nervosa. Svettava su Dax di tutta la testa, il suo petto massiccio e le sue cosce mi fecero venire l'acquolina in bocca. Il suo cazzo enorme era in bella mostra, completamente eretto e pronto.

Oh, Dio. Era pronto per me. Ero la sua compagna, e *quello* doveva entrare dentro di me! Il solo pensiero mi fece contrarre la figa, e la bestia si immobilizzò annusando l'aria, come se potesse sentire l'odore del mio desiderio. Era in grado di farlo?

Dax fece un profondo respiro, come per prepararsi a parlare, ma il mio compagno lo bloccò e si voltò verso di me.

Mi sentii denudata e ispezionata, nonostante il mantello pesante.

"Chi?" Quella parola sembrò come uno sforzo. Deek si mosse di lato avvicinandosi a me. Più si avvicinava, più il mio cuore batteva forte. Ero bloccata, come un cerbiatto di fronte ai fanali di un auto, la figa zuppa sentendo quelle parole. Il suono della sua voce mi fece fremere i nervi, i miei seni si fecero pesanti. Dio, era sexy. Enorme. Spaventoso. Così forte da potermi spezzare a metà. E mi eccitava. Lo volevo come non avevo mai voluto nessuno prima d'ora. Era un bisogno istantaneo, costante.

E io dovevo concedermi a lui, un perfetto sconosciuto. Adesso. E provare a mettergli i bracciali con la forza. Mi sentii come un gattino di sei settimane che pensa di poter attaccare una tigre adulta. Non avrei vinto per niente al mondo.

Sarah mi poggiò una mano sulla spalla e si sporse in avanti. Il suo tocco mi spaventò e feci un respiro profondo; sapevo che dovevo calmarlo prima di poter agire.

"Fidati di me. È già interessato. Guarda come ti scruta. È il tuo compagno. Lui è tuo, Tiffani. E tu sei sua. La sua bestia lo saprà, forse già lo sa, anche se lui forse no. Puoi farcela."

Posso farcela. Posso farcela. Posso farcela. Cantai quelle parole dentro la mia testa, scacciando ogni altro pensiero mentre mi costringevo a calmarmi. Ignorai la sua stazza, semplicemente guardando il suo corpo, che era magnifico. Il suo cazzo era lungo e spesso – più grande di qualunque altro avessi mai visto – color prugna, con la testa ingrossata. Lo percorreva una grossa vena rigonfia. Lo immaginai mentre si allungava per raggiungermi, per riempirmi. Mi immaginai quel corpo colossale mentre mi sollevava come fossi un giocattolo e mi sbatteva contro il muro, mi scopava fino a farmi perdere la ragione, facendomi venire. Questa creatura era mia. Secondo la legge della Terra, la legge di Atlan, e qualunque altra strana tecnologia avessero usato per accoppiarmi a lui. Era mio, e io non avrei lasciato che me lo uccidessero perché adesso ero troppo spaventata per prenderlo.

Posso farcela.

Deek fece un altro passo e io alzai la testa e le spalle per guardarlo. Il suo sguardo si era addolcito, passando da quello di un cacciatore pronto a uccidere a qualcosa di molto più interessante ma non per questo meno intenso.

Sollevai le mani, guardai Dax per avere il permesso. Dax guardò la telecamera di sorveglianza, che ora lampeggiava con una strana luce gialla, e poi si girò verso di me annuendo. "Va', Tiffani. Il sistema è spento."

"Tiffani." La voce di Deek era rauca a profonda, mi ricordava il suono confuso di una voce proveniente attraverso un amplificatore.

Abbassai il cappuccio e mi voltai verso il mio compagno. "Ciao, Deek."

Non rispose a parole, ma con un ruggito profondo e rimbombante che riempì tutto lo spazio, così forte da riverberarmi nel petto come i bassi delle casse di una discoteca. Mi fissava, e io non riuscivo a non guardarlo negli occhi, non importa quanto lo volessi. Mi sentivo come ipnotizzata.

Ci stavamo semplicemente guardando l'un l'altro, e il cuore mi batteva a mille. Dax fece un passo avanti. "Comandante, vuoi che la lasciamo entrare? Hai rifiutato tutte le altre."

In risposta alla domanda di Dax, il mio compagno si allontanò dal campo di forza e il cuore mi affondò. Diamine.

Era grosso e spaventoso, ma non mi voleva. Anche con la febbre, con l'esecuzione che incombeva, mi rifiutava.

Quando si trovò in fondo alla cella, vicino a un grande letto, si voltò e poggiò le mani aperte sul muro della cella. Mi voltai verso Dax. "Che cosa sta facendo?"

Il sorriso di Dax era genuino, e mi rilassai. "Deve stare faccia al muro, con le mani spalancate e appoggiate alla parete prima che io possa abbassare il campo di forza. È la procedura, serve a proteggere le guardie e i visitatori." Il sorriso di Dax svanì e spostò lo sguardo dalla schiena muscolosa a me. "Stai attenta, Tiffani. Non è umano. Non ha intenzione di farti del male, lo conosco, ma sii gentile con lui."

"Gentile?" Mi stava prendendo per il culo? Io? Ero io quella che doveva essere gentile?

Sarah saltò, eccitata. "Svelto, lasciala entrare."

Guardai Sarah. La domanda che Dax aveva appena posto a Deek dovette farsi spazio tra la nebbia creata dalla paura e dalla lussuria, e solo adesso riuscivo a comprenderla. "Chi ha rifiutato?"

Sarah alzò gli occhi al cielo. "Decine di donne sono state qui, gli si sono letteralmente offerte. Quando gli uomini vanno in modalità bestiale, le donne Atlan che vogliono prenderseli come compagni sfilano qui come modelle su una passerella. Se un uomo reagisce, la donna viene fatta entrare nella cella e prova a reclamarlo come compagno."

Mi voltai per guardare Deek. Continuava a stringere le mani a pugno, come lottando per mantenere il controllo. "Funziona?"

"A volte. Ma non per il comandante. Ha rifiutato almeno venti donne, tra cui la sua promessa sposa."

"La sua sposa?" Avevo sentito bene? La sua promessa

sposa? Rabbia e gelosia rimestarono dentro di me mentre ispezionavo il mio compagno. Lui era mio, non era promesso a nessuno. Tutta quella bestialità sexy era mia, cazzo.

Sarah fece un gesto della mano per scacciare quel pensiero. "Non importa."

"Non importa?" chiesi, gli occhi spalancati. "Ha una promessa sposa e non importa?"

"Compagna batte promessa sposa, Tiffani. Se un Atlan non trova la sua compagna, può sposare qualcun altro e sperare che la bestia la accetti, e di solito succede, ma non devono essere in preda alla febbre. Tia è la sua donna di scorta. Almeno è così che io la vedo. Ma Deek non ha bisogno di una scorta perché sei tu la sua compagna. Lui è tuo."

"Il campo di forza verrà abbassato per tre secondi, Tiffani. Quando te lo dico io, devi entrare nella cella senza esitare," mi istruì Dax.

Dax si mosse verso l'altro lato del muro della cella e piazzò la mano su un piccolo scanner.

Annuii, intontita. Stava per accadere. Stavo per essere rinchiusa in quella cella con una bestia che riusciva a malapena a parlare. Quella stupida promessa sposa... la gelosia che provavo per lei mi aveva resa pronta a farlo. A reclamare il mio compagno. Nessuno mi avrebbe portato via Deek. Non avrei permesso a una stupida donna di Atlan di mandare tutto a monte. Nessuna *promessa sposa*.

Uno strano ronzio riempì l'aria; poi seguì un silenzio, reso più grave dalla sua assenza.

"Ora!" Dax mi abbaiò quell'ordine e subito il mio corpo balzò in avanti da solo, le mie gambe si mossero al di là della demarcazione sul pavimento e mi fecero entrare nella cella di Deek. Il ronzio ricominciò e io mi voltai per guardare Sarah, i cui occhi scuri erano pieni di speranza ed empatia. "Buona fortuna, Tiff. La telecamera di sicurezza resterà spenta fino al cambio della guardia."

"Quando?" chiesi. Sapevo di dover fare sesso con un completo sconosciuto che non era neanche un po' umano, ma sicuro come la morte non avevo bisogno di spettatori.

Dax avvolse la vita di Sarah con il braccio. "Hai cinque ore, Tiffani Wilson dalla Terra. Per favore, se puoi, aiutalo."

Quello che voleva dire era: *Scopati quel guerriero fino a quando non riesci più a camminare, ma assicurati di calmare la sua bestia. Oh, e se il comandante perde il controllo, potrebbe accidentalmente ucciderti. Scusa per questo.*

Mi leccai le labbra secche. "Lo farò."

Gli unici due alleati che avevo in questo strano mondo nuovo si girarono e se ne andarono. Mi salì il cuore in gola, quasi non riuscivo a deglutire. Li guardai fino a quando non sparirono, i miei occhi bruciavano per le lacrime che non avevo versato e l'adrenalina, la paura, l'anticipazione, il desiderio, la speranza e il terrore si fusero assieme in un tornado di emozioni che vorticava dietro i miei occhi.

Irrigidita, mi voltai e vidi il mio compagno che si muoveva verso di me come un cacciatore, con lentezza, attenzione, in modo controllato, così da non farmi fuggire via. Con un sospiro, decisi che o restavo così, spaventata a morte, oppure mi fidavo delle parole della custode Egara. Se lui era mio, allora lo sapeva. Mi avrebbe ascoltata. Non mi avrebbe fatto del male. Non mi avrebbe afferrato il collo con quelle mani gigantesche per spezzarlo come un ramoscello. No no.

Cacciai le mani nelle tasche del mio mantello e tirai fuori i suoi bracciali. Rassicurata dai pesanti anelli dorati nel palmo della mano, mi slegai il mantello e lo feci cadere ai piedi.

Deek si fermò, immobile. Mi spostai dal mantello; il mio vestito Atlan mi avvinghiava i seni con un motivo dorato a linee incrociate che metteva le due grandi sfere in bella mostra. Il collo a V mostrava un sacco di pelle, e il mio compagno mi ispezionò col respiro pesante, il suo sguardo famelico si soffermò su ogni centimetro del mio corpo, dalla testa ai piedi. Il suo sguardo si soffermò sui bracciali che avevo attorno ai polsi e su quelli identici che stringevo nelle mani, e subito ringhiò e mi corse incontro.

Prima che potessi chiudere gli occhi mi ritrovai contro il muro, il suo corpo massiccio premuto contro di me che mi teneva bloccata. "Bracciali. Compagna."

Mi sentii euforica vedendo che aveva riconosciuto i bracciali, che sapeva cosa significassero. Si abbassò e mi leccò il collo, la clavicola, in mezzo a seni, come se stesse banchettando col mio corpo, e io sospirai, rilassata e molto, molto eccitata. Da vicino era ancora più grande di quanto non avessi immaginato. Non ero bassa, nessuno mi aveva mai considerato *piccola*. Ma lui mi faceva sentire una nana. Persino il suo cazzo era troppo grande. Dio, il suo cazzo era duro come acciaio che mi marchiava lo stomaco.

Mi sollevò le mani sopra la testa e mi bloccò entrambi i polsi con una presa forte. I suoi enormi bracciali mi penzolavano tra le dita, ma non li avrei lasciati cadere. Avevo bisogno che li indossasse, che se li mettesse ai polsi.

I bracciali di metallo sbatterono l'uno contro l'altro, il suono squillante del metallo che colpiva il metallo si diffuse per tutta la stanza. Avevo le mani sopra la testa, il suo corpo massiccio sopra di me, ed ero intrappolata, completamente alla sua mercé. Dio, speravo così tanto di non aver appena commesso lo sbaglio più grosso di sempre.

"Compagna." Sempre tenendomi le braccia bloccate con una mano, mi prese i bracciali da una mano e li sollevò.

Annuii contro il muro duro, offrii un ansimante "Sì."

Le braccia allungate sopra la testa, in bella mostra, i miei seni grandi spinti in avanti, un cuscino per il suo enorme petto. Non potevo rispondere, non senza che la voce mi si spezzasse addolorata. Era così bello, così grande e feroce e con un corpo perfetto. L'avevo desiderato sin dal momento in cui l'avevo visto.

Sollevò la testa, il suo respiro roco era l'unico suono all'interno di quello spazio sterile. Aprii gli occhi, sollevai il mento e vidi che la bestia mi guardava con attenzione.

"Bisogno," ringhiò. "Scoparti."

Ero scioccata. Mi stava chiedendo il permesso. Questa bestia d'uomo stava veramente chiedendo il permesso. Anche nel suo stato febbricitante, selvaggio, voleva che acconsentissi. Avevo le mani bloccate, ma sapevo che mi avrebbe lasciata andare, che mi avrebbe lasciata andare se avessi cambiato idea. E quello mi fece eccitare ancora di più, bagnare ancora di più. Ero eccitata fin da quanto avevo avuto quel sogno nel centro elaborazione spose. Mi leccai le labbra, ansimando. Ma lui non mi voleva come compagna, voleva solo scopare. Beh, se non altro, mi sarei fatta la cavalcata della vita.

Il suo cazzo era duro e caldo, premuto in mezzo a noi, e d'improvviso l'unica cosa che volevo era avvinghiarmi alla sua vita e cavalcarlo. Era il mio compagno, non l'avrei negato, non importava quanto lui lo facesse. Potevo scoparmelo adesso, forse sarei riuscita a calmare la sua bestia, e poi a farlo ragionare una volta riacquistata la lucidità.

"Sì," disse. "Ti voglio dentro di me."

E lo volevo. Ne avevo così bisogno...

Ringhiò e mi fece girare contro il muro, proprio come nel sogno. Mi lasciò andare i polsi ma, quando provai a muovermi, non riuscì a liberare le braccia. I bracciali dorati ora erano bloccati a un gancio di metallo nel muro che non avevo notato prima. Li tirai, ma non c'era gioco. Ero io la prigioniera, adesso.

Anche con i bracciali stretti tra le mani, riuscì a strapparmi il vestito senza problemi e lo lasciò cadere ai miei piedi. L'aria fredda della stanza non fece che accrescere il calore del suo corpo che premeva contro la mia schiena.

Aspettai, pensando che mi avrebbe penetrata fino a fondo. Invece, la mano di Deek si mise a vagare lungo il mio corpo, strizzandomi e massaggiandomi i seni, le cosce e il culo. Il suo tocco sicuro esplorava ogni centimetro del mio corpo, dal dito più piccolo alla curva del mio stomaco, all'arco delle mie sopracciglia, e nel mentre ringhiava, e il suono mi eccitò, fino a quando un caldo benvenuto non mi inzuppò le cosce. Avevo la figa calda, pulsava a ogni battito del cuore, il bisogno crescente mi faceva bramare di essere riempita, di venire e liberarmi.

"Fallo ora," comandai spazientita. Ero stata trasportata attraverso la galassia per salvare quest'uomo e ora lui voleva fare il romantico, quando io mi sentivo così vuota che mi veniva da piangere. Non mi ero mai sentita così prima d'ora; il bisogno, la mia voglia non erano mai stati così disperati. "Dio, ti prego. Scopami e basta."

Smack!

Smack!

Smack!

Il fuoco mi corse nelle vene non appena la sua mano

severa mi colpì sul culo nudo, lo schiocco delle sculacciate rapide e feroci mi fece tremare, prima per lo shock, poi per il bisogno. "Deek!" gridai. "Che fai?"

Lo guardai girando la testa e vidi il suo palmo che si sollevava e continuava a sculacciarmi, ancora e ancora.

Smack!

Smack!

Smack!

"Niente ordini." Mi colpì sull'altro lato del sedere e io appassii come un orchidea sull'asfalto bollente.

Niente ordini. Come aveva detto Dax, Deek era un comandante, il leader del suo battaglione di soldati. Gli piaceva comandare, e sembrava che quello riguardasse anche me. Mi sciolsi sotto i suoi ordini, qualcosa di me eruttò per lottare contro il controllo del mio corpo, per scacciarlo dalla mia mente e farmi sottomettere. Ero intrappolata, completamente alla sua mercé, e sapere questo fece sì che il mio corpo si arrendesse alla sua volontà, in modo totale, completo.

Con un gemito, le mie gambe collassarono e io restai appesa ai bracciali che avevo attorno ai polsi. Subito lui mi alzò di peso. Con una forza che non avrei mai creduto possibile in un uomo, mi fece girare così da guardarmi negli occhi.

"Mia."

Mi guardava negli occhi e mi teneva sollevata. Ero nuda. Si mosse, la grossa punta del suo cazzo spingeva contro la mia entrata. Senza ulteriori ritardi, mi riempì, lentamente, aprendomi per bene, ficcandolo fino in fondo.

5

omandante Deek

LE INFILAI il cazzo in quel suo corpo morbido e la mia mente si schiarì, come se quel turbinio nebbioso fosse stato spazzato via. La sua eccitazione vischiosa era forse l'antidoto alla febbre, come dicevano tutti? Era la sensazione calda e intensa del suo corpo che alleviava il mio dolore, che ammansiva la bestia? Ci avrei ragionato su più tardi. Ora, ora era perfetta tra le mie braccia, la sua morbidezza era come un balsamo per la furia della mia bestia. E lei era morbida in ogni punto, dai suoi grossi seni alla pienezza del culo e delle cosce. Così morbida che mi sembrava di sciogliermi dentro di lei, di essere accolto da lei in un modo in cui nessuno mi aveva mai accettato prima d'ora.

La guardai in quegli occhi verdi pieni di passione e seppi che lei non era il mio mondo. Era umana, la piccola compagna di Dax.

Compagna.

Alla bestia quella parola piaceva, le piaceva il suo odore, la sua pelle, il suo sapore, la sua figa stretta. Avrei voluto assaporare ogni centimetro del suo corpo perfetto, ma la bestia non avrebbe ceduto il controllo.

Era arrabbiata perché l'avevano rinchiusa, si era rifiutata di arrendersi fino a quando non l'avrebbe scopata e l'avrebbe riempita con il suo seme.

Tiffani.

Non sapevo come avesse fatto ad arrivare qui, o quale pazzia l'avesse ispirata ad entrare nella mia cella.

Alla bestia questo non importava. Voleva scopare e basta. E, a giudicare dallo sguardo assorto della mia donna, anche lei lo voleva. E, dèi, anche io volevo scoparla. Era mia. I bracciali che aveva ai polsi lo dimostravano. Avrei riconosciuto gli intarsi metallici della mia famiglia tra mille. Le avrei chiesto più tardi dove li aveva trovati. Avevo così tante domande.

Ma, per ora, lei portava i miei bracciali, e quindi significava che aveva scelto di farlo. Aveva scelto di essere mia. Aveva scelto di essere riempita dal mio, di seme, di essere legata a me.

Mia.

Afferrai i bracciali di metallo che si stavano scaldando nelle mie mani. La loro presenza mi dava un po' di speranza, mi calmava. La bestia voleva riempirla col suo seme e marchiarla, ma anche io avevo bisogno di farla mia. Dovevo farle vedere che io la sceglievo altrettanto prontamente. Il mio cazzo era annidato dentro di lei, indicava che la bestia la voleva. Aprii un bracciale e me lo misi al polso. Si richiuse automaticamente. Lo sentii stringersi, accomodarsi, e mi misi l'altro.

Fui inondato dalla consapevolezza. Non era un legame mentale simile a quello che avevano i Prillon con le loro compagne. Era elementale. Sapere che questa donna della Terra e io indossavamo gli stessi bracciali, che non potevano allontanarci l'uno dall'altra senza provare dolore, senza scopare e accoppiarci, era inebriante. Cruciale. Vita o morte.

Lo sapevo, in qualche modo. Dentro di me. Non avevo bisogno che la mia bestia si aggirasse dentro di me, che si spingesse dentro di lei, che strofinasse il naso contro il suo collo e la odorasse. Che le leccasse la pelle per assaporarla. Che la scopasse, la riempisse.

Lei era mia, e della mia bestia. Gli occhi della mia compagna si spalancarono quando capì e accettò, e contrasse la figa gocciolante attorno al mio cazzo.

Spostai lo sguardo in basso, muovendomi dalle sue labbra rosa, dal suo viso amorevole verso i suoi seni, nudi ed esposti per il mio famelico sguardo. Era più bassa delle donne Atlan, ma era formosa, i suoi seni grandi straboredavano dalle mie mani mentre glieli afferravo e giocavo con i suoi capezzoli rosa. Il suo corpo era pieno e tondeggiante, così morbido, così straordinariamente morbido in ogni dove, la sua pelle era più tenera del più delicato dei fiori nel giardino di mia sorella.

Abbassai la testa, cautamente, e rivendicai la sua bocca mentre continuavo a riempirle la figa. Baciarla era incredibile. La sua lingua si avvinghiò alla mia, aveva un sapore caldo e piccante. Mi fece venire voglia di assaporarla ovunque, di inginocchiarmi e leccare il suo umido calore, assaporarlo sulla mia lingua.

E così feci. Tirai fuori il cazzo facendola gemere, e subito mi inginocchiai davanti a lei. La mia bestia ringhiò, le mancava la sua figa stretta. Ma non era la bestia a comandare. Ero io. Ero in grado di respingere quella sfrenatezza, la febbre che mi infervorava, e riuscivo a pensare e a essere padrone della mia forza. Ero sempre in modalità bestiale, il mio corpo trasformato nel gigante guerriero che dovevo essere per reclamare quello che era mio.

"Mia." Ringhiai e misi le mani sulle sue cosce e le aprii le gambe. Gliele tenni così, i muscoli tesi, e ispirai il suo profumo di donna. Mi tuffai e la leccai, e i suoi gemiti fecero raggiungere nuovi picchi alla mia febbre.

Ma questa volta, il fuoco che mi infuriava nel sangue aveva una valvola di sfogo. La mia compagna era qui. Io controllavo la bestia. Questa volta, avrei ordinato al corpo della mia compagna di venire, ancora e ancora.

La bestia ringhiò gustando il suo sapore. Non era più arrabbiata, ne voleva semplicemente di più. E quindi mi diedi da fare con la lingua, le labbra, succhiando e leccando, concentrandomi sul suo clitoride, imparando come le piaceva essere leccata, che cosa le facesse scuotere i fianchi, cosa la facesse miagolare ansimante.

Infilai un dito nelle sue dolci profondità, cercando quel punto spugnoso che l'avrebbe scatenata, che l'avrebbe fatta urlare di piacere mentre si contorceva e mi cavalcava il dito. Le tenevo bloccata la coscia, mentre le leccavo il clitoride e la facevo venire.

Solo allora risalii lungo il suo corpo con mille baci, succhiando un capezzolo, poi l'altro, e poi la baciai di nuovo sulle labbra. Questa volta, il mio bacio fu tenero e docile; lei era languido desiderio più che bisogno disperato. L'avevo resa io, così. Le avevo dato l'orgasmo di cui aveva bisogno. E l'avrei fatto di nuovo.

Le afferrai le cosce e la sollevai così da farle avvinghiare le gambe attorno alla mia vita. Il mio cazzo scivolò tra le sue pieghe, dritto dentro di lei. Niente poteva fermarmi. Io e la mia bestia eravamo sincronizzati. Era tempo di scopare, di prendere, e dal modo in cui lei gridava *sì, sì, sì*, a ogni colpo, non si stava semplicemente dando. Si stava prendendo il suo piacere dal mio cazzo.

La sua figa si contrasse attorno a me come un pugno, e lei venne di nuovo, strizzandomi, attirandomi dentro di sé.

Non aveva un pensiero per la testa, le mani strette in un pugno. Aveva gli occhi chiusi, le guance arrossate. I seni le rimbalzavano e ondeggiavano mentre la riempivo. Potevo sentire il mio stesso orgasmo che cresceva alla base della mia schiena, mi si indurirono le palle, il mio seme era pronto a spruzzare.

Mi chinai e le baciai il collo, leccai la sua pelle sudata e salata. Ispirai il suo profumo, mentre lei continuava a venire.

Furono le contrazioni della sua figa a farmi venire, spinsero la bestia a darle un ultimo colpo. Pulsazione dopo pulsazione, la riempii col mio seme. Ringhiai di piacere, gli occhi chiusi, il colon incordato, ogni muscolo del mio corpo teso. La mia mente si era perduta in un piacere squisito che mi riempiva e che pompavo dentro il mio piacere.

Era mia. Scopata e marchiata. Ammanettata. Reclamata.

Per la prima volta dopo giorni, mi sentii calmo. La febbre era sparita e io ero di nuovo un Atlan con una bestia soddisfatta tra le mani. La bestia selvaggia che avevo nel sangue aveva smesso di camminare e ringhiare, di spingere e infuriare. Era soddisfatta, sazia, contenta di essere rivestita e circondata dall'odore di questa donna, la sua eccitazione. Era contenta di tenere la nostra compagna tra le braccia e di affondare nel suo corpo morbido, sepolta tra le sue braccia gentili. Le diedi un ultimo colpo, giusto per sentire la forte pressione della sua figa che mi strizzava il cazzo, e lei mi accarezzò con le sue gambe, i suoi piedini delicati mi correvano lungo la schiena, sul culo, sulle cosce, come se sentisse il bisogno di toccarmi, di esplorarmi.

Allungai una mano e la liberai, lasciai cadere le sue braccia e continuai a tenerla bloccata contro il muro, al sicuro tra le mie braccia. Immediatamente sollevò le mani e mi affondò le dita tra i capelli, accarezzandomi, facendomi sapere che stava bene e che anche lei mi aveva reclamato. Sapere che i miei bracciali erano saldi ai suoi polsi, che nessuno poteva portarmela via, calmò la mia bestia come niente altro avrebbe potuto fare.

Per la prima volta dopo una settimana, ero di nuovo il comandante Deek. Avevo sotto di me mille guerrieri, ma la loro obbedienza non era nulla in confronto alla sottomissione volontaria di questa donna. Avevo combattuto, e sarei morto per quei guerrieri. Ma per questa donna, per questa estranea, la mia bellissima compagna, avrei fatto di tutto.

I bracciali attorno ai miei polsi lo dichiaravano a gran voce a tutta Atlan.

Uomo e bestia, era lei a possedermi adesso.

---

*T*IFFANI

*O*H. *Mio*. *Dio*. Non avevo mai... voglio dire, ero già venuta prima d'ora, ma mai in questo modo. Cazzo. Provai a riprendere fiato, a fare mente locale su quello che aveva fatto al mio corpo. Il mio corpo.

Mi contrassi attorno al cazzo di Deek e sentii il suo seme che mi scivolava lungo le cosce. Sentire i suoi fianchi che mi martellavano, le sue mani che mi afferravano il sedere dopo avermi sculacciata –

Mi aveva sculacciata!

E mi era piaciuto un sacco. Era davvero un guerriero Atlan, mi aveva comandato, poche parole e mi ero arresa di fronte alla sua autorevolezza, al controllo che aveva del mio corpo. Non lo faceva in modo meccanico. Era concentratissimo. Qualcosa nel suo sguardo era cambiato dopo avermi riempita col suo cazzo per la prima volta. Quella pozza oscura e cieca di bisogno animalesco si era fatta attenta, conscia. Era come se il mio corpo avesse mitigato qualunque cosa lo stesse affliggendo.

Mi era stato detto più volte che ero io l'unica che poteva calmare la sua bestia. Sarah aveva insistito, io ero in grado di sedurlo, di scoparlo e farlo tornare in sé. Ma avevo dubitato. Nel profondo del mio cuore continuavo a credere che lo si poteva calmare solo con parole gentili o forse con una mano che dolcemente gli accarezzava la guancia, o con dita che gli correvano tra i capelli. Ma non avevo capito. Dax aveva provato ad avvertirmi.

"Non è umano."

No. Il mio compagno non era umano. E il suo addomesticamento era avvenuto con un altro tipo di movimenti, quelli del suo cazzo dentro la mia figa. La mia resa era la medicina di cui aveva bisogno.

Dio, avevo la figa coi superpoteri? Superfiga! Mi serviva un mantello da abbinare al nuovo nome da supereroina. Quell'idea assurda mi fece sorridere contro il suo petto.

Deek mi fece abbassare le gambe con cautela e uscì fuori da me. Non potei fare a meno di sibilare, sentivo un leggero dolore. Il mio corpo non era più abituato ad essere scopato – da un sacco di tempo. E non mi era mai capitato di prendere un cazzo così grande, per non parlare di uno usato con così tanta maestria. Non mi stavo certo lamentando. Gli spasimi di dolore mi facevano sentire solo più femminile, più potente.

Senza dire un'altra parola, Deek mi sollevò tra le sue braccia come se non pesassi nulla e mi portò verso quell'ampio letto. Mi depose con dolcezza e mi abbracciò. La bestia gigante dietro di me mi faceva sentire al sicuro. Niente avrebbe potuto farmi del male. Lui era mio.

E io ero sua.

Mi spinsi contro di lui, il suo corpo avvinghiato al mio, la sua schiena rivolta verso il campo di forza e la telecamera puntata sulla parte anteriore della cella. Il suo calore affondava dentro il mio corpo e capii quanto mi sentissi esausta. Tra il volo al centro elaborazione, il mio arrivo al castello di Sarah e Dax, e l'ansia che avevo nei confronti di questo incontro, ero così stanca che riuscivo a malapena a tenere gli occhi aperti.

"Dormi."

E il mio corpo obbedì immediatamente al suo tocco, gli occhi mi si chiusero e caddi in un sonno profondo.

Tiffani

Mi svegliai lentamente, così calda, comoda, che non volevo muovermi. Un cazzo duro premeva contro il mio culo, mi scivolava sopra la figa con un movimento lento. Quando Deek mi sollevò la gamba dietro di me, sopra al suo fianco, non opposi resistenza. Né lottai contro i duri colpi del suo cazzo che mi riempiva da dietro. Il suo cazzo enorme mi allargava per bene, la sua mano attorno alla mia coscia era come una fascia di metallo che mi teneva aperta per lui.

La mano sulla mia coscia scivolò più in basso, afferrando la morbida rotondità del mio addome, e un ringhio basso mi bagnò la figa con una nuova ondata di bisogno.

Sentii il petto di Deek che rimbombava, e subito dopo un dito scivolare più in basso, attraverso le pieghe bagnate della mia figa, per massaggiarmi il clitoride mentre continuava a scoparmi lentamente, facendo dentro e fuori dal mio corpo come se avesse ore per stuzzicarmi, scoparmi, farmi implorare.

Riuscivo a sentire l'odore della nostra essenza, l'umidità del mio corpo e il suo seme si erano mischiati sporcandomi le cosce. Mi massaggiò la pelle, come per marchiarmi con il suo profumo. Una volta soddisfatto, spostò la sua attenzione sui miei seni, afferrandone uno con la sua enorme mano, facendo correre il pollice sul mio capezzolo turgido. Il tocco carnale del suo cazzo dentro di me mi fece sussultare.

"Chi sei, Tiffani?" mi chiese Deek, la sua voce rauca e profonda, la voce di un uomo.

Mi voltai per guardarlo – innalzai lo sguardo, era così alto – e vidi che si era fatto più piccolo, le sue spalle non erano più così larghe, la sua faccia, i suoi denti terrificanti ora sembravano... normali. Più grossi di qualunque altro uomo avessi mai conosciuto, ma non più così spaventosi. I suoi occhi, una profonda foresta verde contornata d'oro, sembravano ammaliati dalle sue azioni, dal guardare il mio corpo che si accaldava e rispondeva al suo tocco.

"Il mio nome è Tiffani Wilson. Ho ventisette anni. Vengo dalla Terra." Non sapendo cosa voleva che dicessi, cominciai a farfugliare. "Mio padre era uno sbirro."

"Che cos'è uno sbirro?"

"Uhm, la polizia. Le forze dell'ordine."

Deek annuì e mosse lentamente i fianchi, così lentamente, dentro e fuori di me, come se scopare e parlare allo stesso tempo fosse la cosa più normale del mondo. "Era un guerriero. Un guardiano? Ecco perché sei così coraggiosa."

"Io non sono coraggiosa, Deek. Ma, sì, penso di aver imparato molto da lui. Rispetto la legge. Mia mamma –"

Deek mosse i fianchi e mi strinse un capezzolo tra le dita. Provai a finire la mia frase con un sussulto. "Mia mamma faceva strani lavori, ma perlopiù restava a casa a prendersi cura di me e di mio fratello. Almeno fino a quando non è morta."

Dentro. Fuori. Mi sollevò la gamba un po' di più, e mi diede tre colpi forti e veloci. Chiusi gli occhi e lui smise di muoversi.

"Tiffani."

"Mmm?"

"Dimmi di più. Voglio conoscerti."

"Non riesco a pensare quando..."

"Faccio questo?" Ricominciò a scoparmi muovendosi con lentezza.

"Sì."

Ridacchiò e mi mordicchiò la mascella. "Bene. Ma continua lo stesso a parlare. Considerala una sfida personale."

Sorrisi, e mi si sciolse un po' il cuore per questo straniero. Almeno aveva il senso dell'umorismo. Non avevo mai incontrato qualcuno così giocoso a letto. I pochi amanti che avevo avuto erano sempre stati più interessati a entrare, finire, e uscire. Era una nuova esperienza. Ed era... divertente.

Dio, non avevo mai pensato che il sesso potesse essere divertente.

La sua voce profonda rimbombò dentro di me, mi afferrò il seno, strizzando quella massa morbida con la sua enorme mano. "Accetti la mia sfida oppure dovrei smettere?"

"Smettere di fare cosa?"

"Di scoparti."

Oh, diamine, no. "Non ti fermare."

"E allora, per favore, dimmi di più."

"Mio papà ebbe un attacco di cuore quando avevo quattordici anni. Mia mamma cominciò a bere e io finii a malapena le superiori prima che mi cacciasse di casa."

"Non è una cosa onorevole."

Sospirai. "Non aveva un soldo. Erano anni duri, ma ce l'abbiamo fatto. E adesso anche lei se n'è andata."

"Eri da sola sulla Terra?"

"Sì." 'Sola' non descriveva nemmeno lontanamente le lunghe notti solitarie dopo una dura giornata di lavoro. Le coltellate alla schiena, le stronze rinsecchite al ristorante che parlavano male di me anche se mi facevo il culo. Vedere i miei amici delle superiori andare al college, sposarsi e fare figli. I commenti maligni che dovevo sorbirmi quando andavo a fare compere o camminavo per la strada solo perché ero grossa. Da sola? Isolata? Sì. Puoi dirlo forte.

Il suo tocco si fece più gentile e cominciò a massaggiarmi lo stomaco, accarezzandomi come provando a strapparmi via il mio dolore. Dovevo ammetterlo, funzionava alla grande, e io mi sciolsi nel suo corpo, completamente rilassata, languida mentre mi toccava, mi riempiva, mi faceva sentire importante, bellissima. Amata.

Versai una lacrima, calda e bagnata, mi rotolò sulla guancia e cadde sul lenzuolo e io la ignorai, mordendomi il labbro per fermare l'imminente ondata. Non sapevo che sentirsi amata fosse così doloroso.

Mi esortò a rompere il silenzio. "Che cosa ti piaceva fare sulla Terra?"

"Ero una cameriera." Non sapevo se lui conosceva il significato di quella parola. "Servivo da mangiare alla gente."

"Ti prendevi cura della gente. Non mi sorprende. Ti piaceva quel lavoro?"

Soffocai una risata. "No, non molto."

"E allora non farai quel lavoro qui."

Così, come se potesse risolvere tutti i miei problemi solamente con la sua forza di volontà. Al momento, non importava niente. Il mio corpo si stava innalzando sempre di più. Il mio nucleo era così sensibile, rigonfio, che ogni colpo del suo cazzo era come una scossa elettrica che mi attraversava il corpo. Avevo bisogno che lui si concentrasse. Basta parlare. Contrassi i muscoli interni e sentii un piccolo fremito attraversare i muscoli massicci del suo corpo premuto contro la mia schiena. E così lo feci di nuovo.

"Io... io sono la tua compagna Deek. Sei mio."

"Mia." Il suo ringhio profondo era più bestiale che umano.

Sì! Le sue dita si spostarono sull'altro capezzolo e lo guardai mentre abbassava la testa e mi leccava la spalla con gentilezza. Affondò il naso nei miei capelli, ispirò il mio profumo e spostò la mano sul mio clitoride, stuzzicandomi con una gentile esplorazione a cui non sarei potuta mai resistere.

Mi massaggiò il clitoride, mi tirò i capezzoli, mi accarezzò il corpo senza esitazione, imparando ogni centimetro, marchiandomi come sua, e il suo cazzo mi entrava dentro fino a fondo, dentro e fuori, veloce, poi più lento. E senza smettere mai di guardarmi affascinato.

Il mio orgasmo mi investì sbucando fuori dal nulla, il mio corpo era languido e rilassato tra le sue mani, perso nel fuoco del mio orgasmo. E lui continuava a guardami, le sue dita inesorabili, costringendo il mio corpo sazio ad avere un orgasmo dopo l'altro, mentre continuava a scoparmi fino in fondo; il ritmo era ormai frenetico, mi spingeva oltre il limite, e infine mi venne dentro, il suo seme mi riempì.

Mi tenne ferma, intrappolata di fronte a lui, mentre i nostri respiri ritornavano normali. Giacevo sul letto e il suo cazzo era ancora dentro di me, il suo corpo enorme mi faceva sentire protetta e femminile, desiderata.

Eppure, c'era una questione che bruciava attraverso la nebbia sensuale che mi occludeva la mente. Una domanda importantissima. "Siamo compagni, ora? Sei... la tua bestia... stai bene?"

La dura luce della cella si rifletteva sul metallo agganciato ai suoi polsi. Alzai la mano per afferrarlo. Deek sollevò la testa dalla mia spalla e il nostro sguardo si incrociò. "Sì, adesso siamo compagni. Il mio seme ti ha riempita. Ai nostri polsi ci sono i bracciali di famiglia. Non c'è alcun dubbio. Ma tu qui come ci sei arrivata?"

"A questo posso rispondere io."

Deek si mosse velocemente, troppo velocemente perché potessi accorgermene; fece scivolare il cazzo fuori dal mio corpo e mi ricoprì il corpo nudo dalla vista dell'uomo che aveva risposto alla domanda di Deek.

"Dax," disse Deek.

Sussultai accorgendomi che l'altro guerriero Atlan era proprio al di là del campo di forza e mi poteva vedere.

Poteva. Prima poteva vedermi, adesso non più. Il corpo di Deek mi ricopriva completamente.

"Girati, Dax. Devo coprire la mia compagna."

"Ma certo."

Non riuscivo a vedere cosa stesse succedendo, ma evidentemente Dax doveva essersi voltato. Deek raccolse il mio mantello, lo aprì e me lo avvolse attorno al corpo.

Mi guardò, i suoi occhi erano affilati e attenti come quelli di un guerriero. "Nessuno ti vedrà. Il tuo corpo appartiene a me."

Le sue parole non fecero che eccitarmi. Non avrei dovuto desiderare di sentirmi posseduta da qualcun altro, che qualcuno mi rivendicasse come sua, andava contro ogni mio principio da femminista. Ma quelle parole, uscendo dalle labbra di Deek, erano protettive e... Dio, perfette. *Volevo* che mi possedesse, perché non c'era dubbio che io possedevo lui. Essere la compagna di qualcuno era diverso dal rimorchiare un bonazzo al bar e portarselo a casa. Riuscivo a percepire la nostra connessione, a sentirla nella figa e lungo le cosce.

Deek si voltò e io strinsi il mantello attorno a me coprendomi di nuovo da capo a piedi, solo che questa volta sotto ero nuda, il mio vestito ammucchiato sul pavimento.

"Dax, spiegati," ordinò Deek, le spalle all'indietro, il portamento di un vero leader. Anche nudo, era magnifico ed esigente. Io mi aggrappavo alla mia modestia; Deek sembrava non averne alcuna.

"Mentre eravamo sulla Corazzata Brekk, prima che tu venissi trasportato qui, ho avviato i protocolli della Coalizione per trovarti una sposa. Come facesti tu per me. Forse ti avrebbero giustiziato, e sapevo che c'era una sola donna in tutto l'universo che avrebbe potuto guarirti dalla febbre."

Deek mi tirò al suo fianco, il suo braccio avvinghiato con sicurezza attorno alla mia vita.

Dax e Sarah erano in piedi dall'altra parte del campo di forza. Quanto tempo era passato da quando se ne erano andati? Adesso sembravano più rilassati, meno tesi, ma i loro occhi erano pieni di domande.

"Tiffani," rispose Deek. "La mia compagna." Mi piacque il modo in cui il mio nome risuonava nella sua voce profonda.

Dax annuì. "È una donna esuberante. Ha costretto il Programma Spose a trasportarla qui, sicurissima che sarebbe riuscita a salvarti."

Guardò in basso con un accenno di stupore e rispetto nel suo sguardo sazio.

"E così ha fatto."

Dax espirò rumorosamente e io mi voltai verso di lui. Sarah gli afferrò la mano e sorrise. E lui sorrise di rimando. Capii allora che non avevano capito subito che l'accoppiamento era stato proficuo, che la bestia era stata calmata, che la febbre era finita. Sapevano solo che io ero l'unica possibilità di salvezza del loro amico.

"Vedo i bracciali attorno ai tuoi polsi."

Deek ne sollevò uno, lo osservò e sorrise. "La mia bestia è stata calmata. Sono stato –" mi guardo con uno sguardo riverente, "–reclamato."

"Guardie!" Gridò Dax, la sua voce rimbombò ed echeggiò per tutta la struttura. "Guardie!" ripeté di nuovo fino a quando non sentì i pesanti passi che si avvicinavano.

"Non temere," mi mormorò Deek. "Sei stata coraggiosissima. Ora tocca a me prendermi cura di te."

Non avevo mai sentito un uomo dirmi cose del genere prima d'ora. La comodità e il riparo che mi diedero fu come un balsamo. Non avevo capito quanto ero stata sola, quanto avevo dovuto sopportare senza l'aiuto di... nessuno. Mi si formò un nodo in gola e sbattei le palpebre per scacciare le lacrime.

Arrivarono le guardie e catturarono tutta l'attenzione di Deek.

"La febbre del comandante Deek è scomparsa. Rilasciatelo immeditatamente," ordinò Dax.

C'erano quattro guardie con indosso delle armature identiche che aderivano al loro corpo in un modo che non avevo mai visto prima. Lo strano materiale sembrava impenetrabile, ma si modellava attorno ai muscoli dei loro corpi in un modo stupefacente. Gli svolazzi neri e marroni, un qualche tipo di mimetica, li facevano sembrare immensi e indistruttibili. Provai a immaginarmi la stazza enorme di Deek dentro quell'armatura e quasi gemetti per il desiderio. Dio, doveva essere così sexy.

Si avvicinarono due guardie, una di loro aveva il petto decorato da strisce e nastri. Guardò Dax, che aveva emesso l'ordine, e poi Deek. I suoi occhi si spalancarono quando vide che ero dalla parte sbagliata del campo di forza.

"Comandante," disse l'uomo.

Deek sollevò il braccio per mostrargli il bracciale. "È vero. La mia compagna è qui e ci siamo uniti con successo. Chiamate il dottore così che possa confermare il mio stato di salute."

Lo sguardo della guardia si fermò su Deek per un secondo e poi si fermò brevemente su di me. Io lo guardai di rimando, sfidandolo. Non avrei lasciato questa cella senza il mio compagno.

Sostenne il mio sguardo per qualche secondo, poi annuì. "Sì, comandante."

Il dottore venne subito convocato e il campo di forza fu abbassato per farlo entrare. Deek fu ispezionato da vari oggetti, e fu ritenuto in buona salute.

"Lei è piuttosto fortunato, Comandante," disse il dottore. Non era grosso quanto Deek, e la sua uniforme era di un verde scuro che mi ricordava i pini e il muschio. Il design era simile a quello che indossavano le guardie, ma il materiale non sembrava duro, non era fatto per la battaglia. Si muoveva e fluiva attorno al suo corpo con estrema facilità. I suoi capelli castani si stavano facendo grigi sulle tempie e i suoi scuri occhi grigi erano completamente concentrati e professionali mentre ispezionavano Deek. Senza dubbio quest'uomo era stato un guerriero, in passato.

Deek ritornò al mio fianco, mi avvolse le spalle con il braccio e mi strinse a sé. Quando mi guardò, sorrise. Si mosse e scorsi l'uomo gentile sotto la facciata del duro comandante. "Sì, lo sono."

Mi baciò, di fronte al dottore, alle guardie, a Dax e a Sarah, di fronte a tutti, come se fosse fiero di essere visto insieme a me, ansioso che il mondo sapesse che ero sua, solo e soltanto sua.

Lo shock mi bloccò per diversi secondi prima di rispondere. Quando lo feci, mi lasciai andare completamente, avvinghiai Deek per la vita e lo strinsi a me. Il suo ringhio fece ridacchiare Dax, ma Deek non fece altro che seppellire le sue mani enormi tra i miei capelli e mi tenne ferma per continuare a esplorarmi.

Il dottore si schiarì la gola. "Firmerò i documenti necessari per revocare l'ordine di esecuzione. È libero di andarsene."

Deek mi lasciò andare e io ondeggiai. Il dottore guardò le guardie in piedi proprio fuori dalla cella.

"Rilasciatelo immediatamente."

Per poco il cuore non mi balzò fuori dal petto per l'eccitazione e il sollievo. Ce l'avevo fatta! Cazzo. Ero arrivata su un altro pianeta, avevo sedotto un alieno e gli avevo salvato la vita.

Era mio. Tutto mio. Quel pensiero mi portò gioia e ansia in parti uguali. Non avevo idea di chi fosse, che tipo fosse. La custode al centro elaborazione spose mi aveva promesso che era perfetto per me, e speravo così ardentemente che non mi avesse mentito.

E se non gli fossi piaciuta? Se avesse pensato che avevo un senso dell'umorismo stupido? Mi piaceva indossare vestiti sgargianti, molto sgargianti. E se voleva che indossassi solo vestiti neri, o che mangiassi insalata tutti i giorni? Se odiava la musica? Cosa sarebbe successo se ora, dopo essere guarito dalla febbre, avesse deciso che non mi voleva?

Lo capii solo allora, lo capii solo allora per la prima volta, che stavo per andare a casa con un completo sconosciuto.

6

eek

Seguii la mia nuova piccola compagna mentre gironzolava per la casa. Avendo stazionato per più di dieci anni sulla Corazzata Brekk, qui io ci ero vissuto pochissimo. Tornavo solo durante i permessi. Fino ad ora, questa grande abitazione era sempre stata soltanto un posto per dormire. Ma, con la mia compagna qui, mi sembrò casa.

Mia.

Quella parola sembrava ripetersi all'infinito dentro la mia mente. Ogni volta che guardavo Tiffani, che catturavo un accenno del suo dolce profumo, o che mi ricordavo della sua calda figa stretta che mi cavalcava, quella parola diventava un canto. *Mia.*

Avevo ripreso il controllo, la bestia era stata sedata – ma viveva ancora dentro di me. Ogni volta che Tiffani mi si avvicinava, la bestia risorgeva dalle profondità della mia anima e lottava per provare a raggiungere la mia compagna, provava a toccarla, a scoparla e a marchiarla con il suo odore e il suo seme.

Avevo sentito altri guerrieri parlare della devozione della bestia verso le loro compagne, ma non avevo mai capito per davvero l'urgenza primitiva e soverchiante di proteggere, scopare, prostrarmi ai piedi della mia compagna e di sacrificare la mia anima martoriata per proteggerla.

Avevo persino scosso la testa incredulo vedendo come Dax era cambiato da quando era stato abbinato a Sarah, da quando erano diventati compagni. La loro connessione era commovente, e il modo in cui Dax stravedeva per la sua compagna della Terra... ispirava tenerezza. Eppure, pensavo che a me non sarebbe mai potuto capitare. Ma eccomi qui, con la mia compagna terrestre, e capivo solo ora che avrei fatto qualunque cosa per lei. *Qualunque.*

Si era già dimostrata incredibilmente coraggiosa. Aveva ignorato il divieto di trasporto e aveva attraversato la galassia. Aveva corso i suoi rischi infiltrandosi nella mia cella. Avrebbero potuto arrestarla. Aveva fatto tutto questo per salvarmi, un guerriero martoriato che non conosceva nemmeno.

Non avevo mai incontrato nessuno così compassionevole, così coraggioso. Ero abbastanza sicuro di essere indegno di lei, eppure sapevo che avrei ucciso per tenerla al mio fianco. Era mia, e non vi avrei mai rinunciato.

Eppure, ero il comandante. Ero io che salvavo le persone.

Ma questa donna mi aveva già reso più umile, aveva reso più umile la mia bestia.

La bestia aveva visto molte battaglie. Aveva ucciso migliaia di soldati dello Sciame, aveva strappato loro gli arti, li aveva visti contorcersi e sanguinare e urlare agonizzanti. E la bestia non aveva provato niente. Niente se non soddisfazione, mentre morivano dilaniati ai miei piedi.

Ora... ora quel mostro dal cuore di ghiaccio sentiva *tutto*. Per lei. Una donna che a malapena conoscevo, una sposa aliena da un pianeta lontano. Un'estranea.

"Ti piace la tua nuova casa, Tiffani?"

"È bellissima." Il suo sorriso era timido. Fece correre la mano sullo schienale di un grande divano nella mia camera da letto e io capii che una cosa era scoparla in modo deciso e meccanico, lasciare che la bestia regnasse sul suo corpo; e che un'altra era stare al suo fianco, come un uomo che impara a conoscere la sua compagna e prova a farla sentire a proprio agio, che vuole imparare tutto sulla sua casa, il suo passato, su come ha fatto a diventare sua.

Alla bestia tutto questo non importava. Il suo cuore primordiale non era capace di tali raffinatezze. Vedeva. Voleva. Veniva. Ma quella natura primitiva sarebbe servita anche a proteggere la mia compagna, perché la bestia sarebbe morta pur di farlo, avrebbe ucciso senza la minima esitazione per tenerla al sicuro.

E così anch'io.

Mi avvicinai alla finestra e al tavolino annidatovi immediatamente sotto. C'era una bottiglia del nostro vino migliore, aperta e pronta – l'aveva preparata un servo in vista del nostro arrivo. Riempii due bicchieri con quel liquido rosso scuro e ne offrii uno alla mia compagna. E quando lei lo afferrò le nostre dita si sfiorarono, e quel tocco leggerissimo fece agitare di gioia la bestia.

Questa donna mi aveva già distrutto. Ero suo, completamente e totalmente. Non avevo bisogno dei bracciali per convincermi. Anche se sembrava che lei non comprendesse appieno le profondità del loro significato o la mia devozione salda e completa.

"Se desideri qualcosa, compagna, non devi fare altro che chiedere."

"Che ne dici di un mantello da supereroe?" I suoi occhi verdi si illuminarono divertiti e io desiderai di poter capire perché stesse ridendo.

Non capii a cosa si riferisse, ma avrei fatto di tutto per farle piacere. "Convocherò un sarto. Non so a cosa tu ti riferisca, ma posso disegnarlo, o spiegarglielo, e il sarto lo confezionerà per te."

Si mise a ridere, e quel suono mi disfece qualcosa nel petto. "Ma no, no... non saprei nemmeno quando indossarlo." Sorseggiò il suo vino e mi guardò oltre il bordo del bicchiere.

"Sarah ha detto che vorrebbe fare una festa per celebrare la nostra unione."

"Sei arrossita," dissi evidenziando l'ovvio.

"Io... sono in imbarazzo."

"Per una festa?" chiesi.

Scosse la testa. "Perché così tutti sapranno cosa ho fatto. Cosa *abbiamo* fatto."

Mi accigliai. "Nessuno disonorerà la nostra unione. Ti vedranno come coraggiosa, come faccio io."

Arrossì ancora di più, ma sorrise.

"Di solito non sono così coraggiosa," ammise. "Di solito lascio che le cose accadano e basta, che le persone facciano quello che vogliono." Si morse le labbra e abbassò gli occhi sul vino; la tristezza nel suo sguardo mi addolorò il cuore. "Specialmente gli uomini."

"A cosa ti riferisci? Gli uomini del tuo mondo ti hanno ferita?" chiesi. Strinsi gli occhi, la bestia cominciò ad agitarsi, arrabbiata dal dolore che scorgeva in Tiffani. Avrebbe ucciso chiunque avesse osato farle del male. Anche in passato. Il che era stupido e irrazionale, completamente illogico, specialmente quando questi uomini si trovavano su un pianeta dall'altra parte della galassia.

Scosse la testa. "Non come pensi tu. Ma non sono vergine. Ci ho provato – volevo che il sesso significasse qualcosa. Ma gli uomini che avevo scelto, beh, la pensavano diversamente. Non ero mai come mi volevano." Mi guardò, i suoi profondi occhi verdi tormentati dal dolore del rifiuto. Idioti.

La mia bestia ringhiò pensando a lei che veniva usata e gettata via. Le afferrai il bracciale, mi portai la sua mano alla bocca e le baciai il palmo. "Mai più. Io ti voglio, Tiffani. Tu sei mia. Non dubitare mai del desiderio che provo per te."

Scosse la testa di fronte alla veemenza del mio tono. "Ecco perché sono andata nel Centro Elaborazione Spose. Volevo trovare *quello giusto*. Sapere che l'abbinamento sarebbe stato... perfetto. Mi avevano promesso che tu mi avresti voluta, che non ti sarebbe importato –"

"Che cosa? Finisci la frase." La bestia ringhiò di nuovo.

"Della mia stazza."

Le presi il bicchiere di vino dalle mani e lo poggiai sul tavolo di fianco al mio. La avvicinai a me, la avvolsi con le mie braccia, affondai nella sua morbidezza e abbassai la fronte contro la sua. "Tu sei perfetta. Non preoccuparti, non è un problema se sei più piccola delle donne di Atlan. Amo il tuo corpo."

"Ma non sono affatto piccola." Le sue guance si colorarono di rosa scuro, ma non distolse lo sguardo. "E tu sei il primo a dire una cosa del genere."

Mi abbassai sul suo collo e la baciai, godendomi quell'esplorazione gentile, il suo sapore, il profumo della pelle. "Sei morbida... dappertutto." Le baciai il seno attraverso il vestito e le afferrai il sedere morbido e ben fatto. "Mi piace come il tuo corpo cede al mio, il modo in cui riesco ad affondare dentro di te, a divenire un tutt'uno con te." Le baciai la guancia, la fronte, gli occhi chiusi. "Amo il tuo corpo. Sei bellissima, Tiffani. Bellissima e coraggiosa. Sei la compagna che ho sempre desiderato, e non vedo l'ora di trascorrere il resto della mia vita imparando tutto quello che c'è da sapere su di te."

Sospirò e si rilassò tra le mie braccia, così come doveva fare. La sua resa calmò la bestia come nient'altro avrebbe potuto fare. Ma c'era qualcosa nelle sue parole che mi turbava, qualcosa che trovavo del tutto inaccettabile in una donna così bella e forte.

Un ruggito mi rimbombò dentro. "Perdona la bestia dentro di me, è piuttosto protettiva e possessiva. E mi ritrovo a condividere gli stessi sentimenti."

"È... bello sentirtelo dire."

La baciai con dolcezza. "Ma non parlare del tuo corpo, mai più. Non mettere in dubbio il mio desiderio, o la tua bellezza. Se dici un'altra volta una cosa del genere, dovrò metterti sulle mie ginocchia e sculacciarti, compagna."

Tremò tra le mie braccia e la baciai di nuovo. Mi presi il mio tempo; non volevo portarla a letto, volevo semplicemente godermela mentre era tra le mie braccia. "Ora, raccontami di quegli uomini che ti hanno ferita."

"Oh, no. Non ero arrabbiato a causa dei cattivi fidanzati. Era la vita, Deek. Mi riferivo a cattivi capi, cattivi lavori, cattivi padroni di casa... ho avuto un sacco di cose cattive. Dovevo fare una scelta. Continuare a fare quel lavoro senza sbocchi o rimboccarmi le maniche. E così eccomi qui."

"La UNP non traduce tutte le frasi della terra. Che cos'è un lavoro senza sbocchi? O un padrone di casa? Io posso essere il tuo padrone, in certe circostanze intime, ma dubito che sia la stessa cosa. Comunque, capisco quello che vuoi dire, e continuo a trovarti incredibilmente coraggiosa." Le baciai la punta del naso. "E davvero bellissima."

Sorrise, in modo brillante e squisito, e la mia bestia si calmò.

"Adesso di cosa hai bisogno, compagna? Mi hai salvato la vita. Cosa posso fare per te in cambio?"

Si accigliò. "Non sono entrata nella tua cella e mi sono accoppiata con te in cambio di qualcosa, di un qualche compenso."

L'avevo offesa e la mia bestia mise il muso. Avevo combinato di nuovo un casino e abbassai lo sguardo. Ero in grado di affrontare i peggiori combattenti dello Sciame e non riuscivo a dire la cosa giusta con questa donna terrestre. "Le mie scuse, Tiffani. Non intendevo offenderti. È che non so come compiacerti. Sto cercando di imparare."

"Un bagno sarebbe bello," rispose. "Avete le vasche da bagno qui su Atlan, no?"

Il cazzo mi si fece subito duro pensando al suo corpo lussurioso e rotondo che affondava in un bagno caldo, a come potevo leccare i suoi seni, a far scorrere le mie dita insaponate lungo le curve mature del suo corpo.

La lussuria doveva avermi ottenebrato la vista, perché il suo respiro cambiò in risposta al mio desiderio, la sua vista annebbiata dal calore e dal dubbio.

"Un bagno. Sì. Ce lo abbiamo."

Sembrava come che la bestia sapesse esattamente come corteggiare la sua compagna, mentre io non sapevo cosa cazzo stavo facendo, mi incespicavo quando parlavo come un idiota. Non avevo nessuna finezza, nessuna abilità nella conversazione.

Afferrai il mio bicchiere di vino e lo svuotai attraverso lo spesso tappeto che conduceva ai bagni. Le tenni la porta aperta e mi voltai verso di lei. "Qui. Puoi... fare il bagno..." Mi strozzai con le mie stesse parole, mentre lei si dirigeva verso di me con lo sguardo morbido e aperto.

"Perfetto. Grazie." Fece una smorfia. "Sono un po'... appiccicosa."

Annuii. Non riuscivo a parlare. Il mio cazzo era ormai una mazza di metallo dentro i miei pantaloni, sapeva che la mia compagna era appiccicosa a causa del mio seme. Era dentro la sua figa, la inzuppava, la marchiava. Mi sentii virile e potente, eppure completamente sopraffatto dal suo morbido sorriso.

Paura. Avevo paura, ero terrorizzato che questa donna si svegliasse, tornasse in sé e fuggisse. Non ero un amante gentile, non ero un soldato giovane e innocente. Sul corpo, sull'anima, portavo i segni della battaglia. E Tiffani? Lei era la morbidezza e la leggerezza, la speranza e la risata di cui avevo disperatamente bisogno.

Ma forse lei non aveva affatto bisogno di me.

Potevo occuparmi di lei, godermi il bottino di guerra. La mia modalità bestiale aveva infuriato con un'intensità incredibile, e la febbre era stata anche la causa del mio ritiro immediato e permanente dalla Flotta. Ero stato ufficialmente sollevato dal comando.

Mi volevano giustiziare ma, per fortuna, adesso ero un guerriero con una compagna e con il bottino che veniva con il mio alto grado e tutti quegli anni di servizio. L'intera quinta ala della fortezza di famiglia era mia, e così come due case nelle regioni meridionali. Anni fa, quando divenni maggiorenne, il consiglio di Atlan mi aveva concesso titoli e terre, castelli e ricchezze, sperando di riuscire a riportarmi a casa prima di venire mangiato vivo dalla febbre. Quella tattica aveva funzionato con altri soldati, quelli che erano stanchi della battaglia e se ne erano andati a casa per scegliersi una compagna prima di essere colpiti dalla febbre.

Ma la maggior parte, come me, non volevano lasciare i loro fratelli sul campo di battaglia. Solo adesso che ero stato costretto avevo lasciato il comando per sistemarmi su Atlan. Lontano dalla prima linea, avrei avuto una posizione nel consiglio di guerra, e avrei aiutato i signori della guerra ad addestrare i nuovi guerrieri prima di spedirli nello spazio profondo a combattere contro lo Sciame. Le reclute avrebbero difeso il nostro mondo, tutti i mondi, contro quella minaccia mortale.

Ma io avevo fatto il mio dovere. Dieci anni erano abbastanza. Ero uno dei pochi guerrieri abbastanza fortunati da sopravvivere e tornare a casa tra le braccia di una compagna che, proprio in questo momento, si stava avvolgendo nel mantello bordeaux e si dirigeva verso il bagno.

La seguii – come se un guinzaglio mi attirasse a lei – e le mostrai come far funzionare il bagno, far uscire l'acqua calda e gli oli profumati sulla sua carne setosa. Notai una nuova schiera di giocattoli erotici lungo il muro, piccoli e grandi, disposti a formare un albero con tanto di rami. Senza dubbio erano una cortesia del mio personale di servizio.

Tiffani mi guardava a malapena, e io mi costrinsi a spostare lo sguardo sui meno allettanti tubi di marmo e sulle lampade nere di avorio incastonate nel muro, ovunque tranne che su di lei, o sui giocattoli che avrei usato per darle piacere.

Mi girai di scatto prima di perdere il controllo e la lasciai. Chiusi la porta il più delicatamente possibile, la bestia mi ringhiava esortandomi a spogliarla e a unirmi a lei nella vasca, a prenderla di nuovo.

Mentre lottavo con il mostro dentro di me provando a riprendere il controllo, non riuscii a non sentirla mentre si faceva il bagno. Sentii il fruscio del mantello che cadeva a terra. Il suo flebile sospiro mi fece pulsare il cazzo, e me la immaginai mentre si immergeva nell'acqua calda.

Sentii rumori di schizzi e la sua dolce voce canticchiò una melodia ossessionante. Doveva essere una canzone della Terra, non riuscivo a riconoscerla.

Strinsi il bracciolo della sedia fuori dalla porta e le mie nocchie sbiancarono per lo sforzo. Ero alla sua mercé, non volevo forzarla. Mi aveva già salvato la vita, il suo coraggio era qualcosa che ancora non riuscivo a capire del tutto. Aveva rischiato tutto per viaggiare attraverso la galassia, diretta verso un compagno che non conosceva, un compagno in prigione che stava per essere giustiziato. Le dovevo la vita, la sanità mentale, e non sarei mai stato in grado di ripagarla.

Ero fiero del mio controllo. Mi sedetti. Fissai la porta che mi separava da ciò che desideravo di più. Fino a quando non mi chiamò.

"Deek? Ci sei?"

Balzai in piedi e misi la mano sulla porta. La bestia si aggirava dentro di me, e la mia voce si fece grave e profonda. "Sì. Non ti lascerei mai senza protezione." Quel feroce giuramento era più bestiale che umano, ma su quello eravamo completamente d'accordo. I miei bracciali erano un chiaro segnale per tutto il popolo di Atlan, tutti quelli sulle corazzate della Coalizione: lei era mia. Nessuno avrebbe mai osato toccare la compagna di un Atlan. Eppure, essendo il mio unico tesoro, la custodivo con ferocia.

Le case, le proprietà sfarzose non significavano nulla per me prima del suo arrivo. E anche adesso non erano che degli oggetti. Tiffani invece era tutto.

Sentii l'acqua gocciolare, un leggero spruzzo. "Riesco praticamente a sentirti che ti aggiri là fuori. Perché non ti unisci a me? Lo so che lo vuoi. Hai paura?"

La sua voce mi stava tentando, ma la presi sul serio. Ero spaventato? Sì. No. Cazzo.

La mia compagna mi stava chiamando, mi invitava a reclamarla, a seppellire il mio cazzo duro nel suo corpo morbido, a leccarle l'acqua dalla pelle.

Aprii la porta lentamente, per non spaventarla. La mia compagna aveva i capelli bagnati, quella massa bellissima era quasi nera e pettinata all'indietro e rivelava la bellissima rotondità del suo volto. Le sue labbra sembravano ancora più piene, i suoi occhi più grandi, mentre mi guardavano entrare nella stanza. Io ero prudente, lei completamente a suo agio.

Il marmo che la circondava era color crema e riempito da svolazzi grigi e argentati. Quel marmo proveniva dalle migliori miniere di Atlan. La vasca da bagno era grande abbastanza per entrambi. Lei nuotò verso il lato posteriore, lontano da me, e tirò le braccia fuori dall'acqua. I suoi bracciali mi fecero l'occhiolino, bagnati, e non riuscii a non sentirmi estremamente soddisfatto vedendo i segni del mio possesso sul suo corpo. I suoi seni floridi galleggiavano, erano un incanto, mi invitavano, i suoi capezzoli rosa si erano fatti rosso scuro.

Mi tolsi il vestito corazzato che mi aveva dato Dax prima di uscire di prigione, ansioso di lavare via il puzzo della cella di contenimento. Avevo resistito fino ad ora solo perché avevo il suo stesso odore.

La mia compagna.

I suoi occhi seguirono ogni mio movimento. Mi tolsi i pantaloni e gli stivali. Ero completamente nudo, in piedi di fronte a lei, al polso i miei bracciali, il simbolo della sua rivendicazione, e la lasciai guardare a sazietà. Avevo il cazzo eretto che si curvava verso il mio stomaco. Il suo sguardo si soffermò lì.

Era rimasta in silenzio, tanto a lungo da rendermi insicuro. E poi fece un respiro tremante. "Dio, come sei fico."

"Non ho fichi da darti, mi dispiace."

Ridacchiò. "Fico, come a dire che sei sexy. Nel linguaggio della Terra vuol dire che sei uno da scopare."

E quindi la mia compagna mi trovava desiderabile. "Sei tu quella da scopare, compagna. Ho il cazzo duro come la pietra ogni volta che ti guardo." Lo afferrai e lo strinsi alla base per prevenire la voglia che avevo di tirarla fuori dall'acqua e di prenderla lì, in quel momento, sul pavimento di marmo.

"Tutto fumo e niente arrosto." Alzò gli occhi al cielo e mi invitò con un rapido gesto del dito. "Se vuoi scoparmi, allora entra qua dentro e fa' qualcosa al riguardo."

La bestia ringhiò. Forse non eravamo poi così differenti.

"Ti è piaciuto quando ti ho sculacciata, non è vero?"

Ripensai a prima, quando la bestia aveva preso il controllo della situazione e aveva sculacciato la mia compagna per tutti i rischi che aveva corso per salvarmi. Forse avrei dovuto baciarla, invece di sculacciarla, ma ero diventato subito possessivo e molto protettivo verso di lei. La bestia aveva voluto prendere il controllo, ma non ci era riuscita. E, a causa di ciò, non era stata gentile. Era stata esigente, si aspettava la sottomissione. Ora avevo la mente sgombra e la bestia era calma, e dovevo assicurarmi di non aver spaventato la mia compagna, a cui era piaciuto tutto, che mi voleva tanto selvaggio quanto la mia bestia.

Le sue pupille si dilatarono e si leccò le labbra. "Sì," sussurrò.

"E quando ti ho legata?" Entrai nell'acqua calda. "La tua figa si è bagnata quando ho assunto io il controllo?"

Un fremito le attraversò il corpo. "Sì."

"Lo sapevo già, ma volevo sentirtelo dire. Potremmo anche essere sconosciuti, ma siamo compagni. Siamo stati abbinati. Alla fine, sapremo tutto l'uno dell'altra. Saprai quello che mi piace e io saprò quello di cui tu hai bisogno." Le sollevai il mento per guardarla negli occhi e nel suo sguardo scorsi desiderio e accettazione. Resa.

"Vuoi essere scopata, compagna?"

"Sì," disse di nuovo, come se quella fosse l'unica parola che conosceva.

Quell'unica parola ruppe il controllo che avevo su di me, mi immersi nell'acqua, premetti il cazzo contro il suo stomaco e rivendicai la sua bocca. La avvolsi con le braccia, sollevai un braccio dietro la schiena per proteggerla dal bordo tagliente della vasca e abbassai l'altro verso la sua figa.

Due dita. A fondo. Veloce.

Gemette dentro la mia bocca, e quel suono mi fece dolorare il cazzo. Era così bagnata, così bagnata che sapevo che dovevo assaporarla.

La sollevai di peso e la feci sedere sul bordo della vasca, la schiena appoggiata contro il muro qualche centimetro dietro di lei. La guardai negli occhi, le sollevai un piede e lo poggiai sul lato della vasca, e poi l'altro, fino a quando la sua figa non fu in bella mostra, la sua brillante eccitazione un banchetto per i miei sensi.

L'ondeggiante acqua del bagno mi aveva ripulito da quella puzza, dal mio seme, e la bestia si sollevò con un ringhio, ansiosa di marchiarla ancora. Non le piaceva che ci fossimo lavati, che il nostro odore non copriva il suo e non poteva più proteggerla dai vari guerrieri a cui sarebbe bastata un'occhiata ai suoi seni larghi, al suo corpo morbido, alle sue cosce burrose – per desiderare di scoparla, di prenderla, di rivendicarla. Ancora. E ancora.

"Perché mi guardi così? Non ti piace –" La voce di Tiffani tremò, sollevò le gambe per chiuderle, per nascondersi. "Mi dispiace. Pensavo – non posso – non importa."

"No!" ringhiai. Mi mossi velocemente e le afferrai le ginocchia con entrambe le mani per costringerla e tenere le gambe spalancate. "No. Non nasconderti da me."

"Ma –"

La tenni così e mi mossi in mezzo alle sue gambe, il petto premuto contro la sua figa calda, il suo soffice addome e i fianchi erano come un cuscino per le mie spalle larghe. "Ma cosa, Tiffani?"

"Ma io non... voglio dire, mi spiace. Non importa. Non è niente." Si girò, i suoi occhi erano tenebrosi... pieni di vergogna. Quella vista mi fece arrabbiare.

"Compagna, ti avevo avvertita."

"Avvertita?"

La sollevai dal bordo della vasca, la tirai in acqua e la distesi sullo stomaco. Lei sollevò entrambe le mani per aggrapparsi al bordo della vasca, il suo culo in bella mostra, a galla sull'acqua. "Che cosa ti ho detto che sarebbe successo se avessi messo in dubbio il mio desiderio o la tua bellezza?"

Scosse la testa. "Non lo so."

Smack!

Le diedi uno schiaffo sul quel culo paffuto e lei squittì per la sorpresa.

"Questo era per aver mentito, compagna. Ora, dimmi cosa ti ho detto riguardo al parlare di te stessa in modo negativo."

"Che mi avresti sculacciata. Non puoi fare sul serio."

Le massaggiai il sedere, la schiena, comunicandole attraverso il mio tocco quanto bello fosse il suo corpo, quanto perfetto. "Non prenderò mai alla leggera la tua perfezione. Né permetterò a nessuno di parlare male di te." Le tirai i capelli per farla voltare verso di me. Quando i nostri sguardi si incrociarono, parlai. "Né ti permetterò di parlare male di te stessa."

Gli occhi le si riempirono di lacrime e io allentai la presa, lasciando che si rigirasse prima di perdermi nel suo sguardo, prima di cedere e di scoparla per darle tutte le rassicurazioni di cui aveva bisogno, il conforto e la sicurezza che venivano dal sapere che ero io a controllare la situazione, che l'avrei onorata, difesa, protetta, persino da sé stessa.

Smack!

Smack!

Smack!

A ogni colpo della mia mano sulla sua carne, Tiffani si contorceva, il suo sedere si colorava di un bellissimo rosa. Non la stavo sculacciando così forte, ma il suono degli schiaffi era abbastanza forte.

Si girò da un lato affondando i denti nella morbida carne del suo braccio.

Dovevo controllare il suo stato mentale, la risposta del

suo corpo, così abbassai la mano per esplorare le sue pieghe bagnate, e le trovai morbide e umide, e non a causa dell'acqua. Ma le sculacciate erano abbastanza per la bestia. Voleva il dominio totale, voleva possedere il suo corpo in ogni modo possibile. Voleva una sottomissione completa. Tiffani doveva capire con esattezza a chi appartenesse. Il suo corpo era mio. Il suo piacere era mio. La sua figa, i suoi seni, il suo sedere rotondo, la sua pelle soffice e il suo culo stretto: miei. La bestia si innalzò e sapevo che i miei occhi stavano cambiando colore, stavano diventando neri come la notte mentre il mio sguardo ispezionava il suo sedere rosa e le sue curve piene.

Mia. Ero d'accordo.

Allungai una mano verso il muro sopra di noi e presi uno dei giocattoli erotici più piccoli. Cosparsi di olio le sue natiche e la piccola estremità incurvata del giocattolo e la inserii lentamente nella sua figa allargata.

"Deek!" Spalancò gli occhi prima di chiuderli per arrendersi estasiata. "Dio, che stai facendo?"

"Mi assicuro che tu sappia a chi appartieni."

"Pensavo mi volessi sculacciare."

"Anche. Non ho finito con te."

Rispose solamente con un soffice gemito, mentre infilavo il dito dentro di lei. Mossi l'estremità del giocattolo dentro e fuori, ruotando la testa bulbosa attorno all'orlo che opponeva resistenza, il muscolo dentro di lei già sapeva che le avrei dato piacere.

Quando fui sicuro che era in grado di accoglierlo completamente, rimossi il dito e infilai l'altra estremità del giocatolo nel suo culetto stretto.

"Oh, Dio."

"Vuoi che mi fermi?"

"No."

La bestia ringhiò, e abbaiai il mio ordine successivo. "Dimmi se ti faccio male."

Piagnucolò il mio nome, mentre io tiravo fuori il giocattolo e lo rispingevo dentro, scopandole entrambi i buchi.

Continuai a farlo fino a quando non cominciò a contorcersi, implorandomi di lasciarla venire.

E allora glielo lasciai ficcato in fondo.

Smack!

Smack!

Smack!

"A chi appartieni?"

"A te."

Smack!

Smack!

Smack!

"Di' il mio nome, Tiffani. Voglio sentire il mio nome sulle tue labbra. Voglio che tu sappia chi è che ti sta scopando, chi è che ti ficca questa asta dura su per il culo, chi è che ti sculaccia, che ti adora."

"Deek. Deek. Deek."

Il mio nome era un canto sulle sue labbra e io continuai, scopandola e sculacciandola fino a che non diventò inerme, tremante e disperata. Completamente alla mia mercé. Potevo farle quello che volevo. La sua resa era totale.

Quella vista confortò sia l'uomo che la bestia, e improvvisamente non riuscivo più ad aspettare prima di darle esattamente quello che voleva, di ricompensare la sua fiducia nei miei confronti, di darle quello che voleva.

"Vuoi venire?"

"Ti prego."

Tirai fuori il giocattolo liberando il suo corpo per me. Per la mia bocca. Per le mie dita. Per il cazzo duro.

La feci girare sulla schiena, la sollevai e la sistemai di nuovo sul bordo della vasca. Come prima, misi i suoi piedi sui bordi, spalancandola per me. Ispezionai con lo sguardo ogni centimetro della sua pelle, ogni neo e ogni curva, le bellissime pieghe rosa che circondavano il suo nucleo, l'abisso oscuro che mi aspettava, vuoto e smanioso per la mia lingua e il mio cazzo. Al momento, era difficile per me decidere cosa darle prima.

Non si muoveva, mi guardava e aspettava, sottomessa, senza difese, fiduciosa.

Il mio cazzo pulsò sotto l'acqua e mi fece male il cuore. Non mi ero mai immaginato di poter vedere quell'espressione sul volto di una donna, di resa totale.

La mia compagna. Dèi, era davvero perfetta.

"Allora, dove eravamo rimasti?"

Aveva gli occhi chiusi. Appoggiò la testa al muro, accentuando qualunque cosa avessi intenzione di farle. Si leccò le labbra, poi parlò. "Stavi per scoparmi tanto violentemente da farmi dimenticare tutto e tutti."

Non riuscii a trattenere un sorriso possessivo. "Esattamente." Abbassai la bocca sulla sua figa e ficcai la lingua in profondità, rivendicandola nel modo più elementale possibile. I suoi sussulti di piacere, l'umidità che rivestiva la mia lingua erano tutti gli incoraggiamenti di cui avevo bisogno, mentre banchettavo sul suo nucleo femminile. Usai le dita e la lingua, le labbra e i denti, tirando e succhiando fino a imparare cosa fosse a farla sussultare, a farle trattenere il respiro, a farla tremare.

Le infilai due dita dentro la figa, scopandola mentre le succhiavo il clitoride, ansioso di farla venire, di farle perdere il controllo. Lo stretto centro del suo sedere mi attraeva, e lentamente vi infilai un terzo dito, determinato a reclamarla completamente, dappertutto.

"Mia," sussurrai quando si mosse per sfuggire alla nuova sensazione.

"Deek!"

"Mia."

Si fermò e io ricominciai il mio assalto al suo clitoride, scopandola ancora più duramente e più velocemente con le mani, e allo stesso tempo incrementando la pressione e il ritmo della mia lingua. Mi diedi da fare sul suo corpo fino a farla strillare, le mura della sua figa si contrassero attorno alle mie dita con spasmi disperati.

Prima che tutto fosse finito, mi alzai nell'acqua e allineai il cazzo alla sua figa smaniosa, e poi lo infilai fino in fondo, e affondai nel suo calore ancora pulsante.

Lasciai che la bestia prendesse il controllo, ora che lei aveva avuto il suo piacere, e la penetrai a fondo, con forza, scopandola contro il muro come un animale selvaggio, e lei mi tirava i capelli, mi stringeva a sé incitandomi a scoparla con più forza.

Più veloce.

Più a fondo.

Amavo le sue parole oscene, il modo in cui la sua crema rivestì il mio cazzo, il modo in cui il suo corpo morbido ondeggiava a ogni colpo.

Quando venne di nuovo, la sua figa si strinse attorno a me come un pugno, e finalmente mi lasciai andare riempiendola col mio profumo, il mio seme.

L'uomo dentro di me insisteva che dovevo lavarla, dopo, ma era la bestia ad avere il controllo.

Quando la bestia aveva finito, la portò a letto e la strinse a sé, si gustò l'idea del nostro bambino che già cresceva nel suo utero, il nostro seme piantato in profondità, il nostro profumo che rivestiva le sue labbra, la figa, le cosce.

Tiffani, una settimana dopo

"Anche gli Atlan hanno party del genere?" chiesi a Sarah.

Era passata una settimana da quando Deek era stato curato dalla sua febbre. Giorni trascorsi da soli a scopare a casa sua. Avevo il corpo indolenzito in tutti i punti giusti, le attenzioni di Deek erano ardenti e ansiose. Sembrava tanto insaziabile quanto me.

Aveva lasciato che mi vestissi solo quando Sarah venne a bussare alla nostra porta, impaziente di pianificare l'evento.

"Non è una festa di fidanzamento, voi due state già insieme. Non è un ricevimento di nozze, dal momento che loro non celebrano i matrimoni," rispose. "Ma hanno delle celebrazioni per l'accoppiamento. Mi sono informata."

Eravamo nella cucina di Deek – era anche la mia cucina, ma ancora non mi ero abituata all'idea – e Sarah mi stava facendo vedere come cucinare usando questi strani marchingegni. Non c'era un frigo, un frullatore, un fornetto. Era tutto diverso, ed ero grata che comprendesse la mia confusione. Non era passato molto dal suo arrivo su Atlan.

Sì, sembrava che avessimo dei servi costantemente prostrati ai nostri piedi. Ma se mi veniva voglia di uno spuntino nel mezzo della notte, sarebbe stato davvero imbarazzante svegliare qualcuno e chiedere di prepararmi un panino. E non ero abituata a starmene seduta tutto il giorno. Per anni avevo lavorato quindici ore a settimana e, per quanto mi piacesse starmene a letto con Deek, dovevo trovarmi qualcosa da fare. Organizzare i party? Non esattamente la mia specialità.

"Una festa per l'accoppiamento? Hanno tutti intenzione di celebrarci perché... perché siamo andati a letto insieme. Questo è. Sembra strano. Troppo strano." Afferrai la mia tazza di caffè per nascondere l'imbarazzo. Beh, era la cosa più vicina al caffè che avevano qui su Atlan: era fatto con i fagioli neri di una qualche pianta di cui avevo dimenticato il nome. Sarah mi aveva fatto vedere come prepararlo e come aggiungere dei dolcificanti per ridurne l'amarezza. "E poi io non conosco nessuno qui."

"Siete compagni, Tiff, e tutti sanno come si giunge ad esserlo." Sarah alzò gli occhi al cielo e si mise a ridere. "Seriamente, non è diverso dai ricevimenti di nozze sulla Terra. Al giorno d'oggi, quante spose sono ancora vergini? Tutta quella faccenda del bianco vestito virgineo è una barzelletta. Con un Atlan, è la scopata ad essere il matrimonio. E ora dovete celebrare."

"Sì, ma noi non siamo sposati. Abbiamo solo fatto sesso. Sembra strano dare una festa per questa cosa."

"Per loro, essere compagni è più importante che sposarsi, Tiffani. Qui non si divorzia, non si cambia idea. Questi tizi sono i nostri compagni per tutta la vita."

Quell'idea mi fece sentire a disagio, proprio come mi ero sentita a disagio qualche settimana fa, quando Deek e io avevamo discusso della cosa per la prima volta. Lui non sembrava preoccupato, si diceva contento di potermi mostrare in giro, di far ingelosire tutti gli altri signori della guerra. Era ovvio, non aveva un briciolo di modestia nel corpo. Anzi, era fiero che mi fossi infiltrata nella sua cella per scoparmelo come se non ci fosse un domani.

Anche io ero fiera di quello che ero riuscita a fare, ma non era fiera di come avevo dovuto farlo. Ero entrata nella cella di un completo sconosciuto e ci avevo fatto sesso.

Per Deek, le mie azioni erano il segno del coraggio. Lo avevo reclamato e poi lui mi aveva legata e reclamata a sua volta. Oh, e sì che da quel giorno mi aveva reclamata ogni giorno! Sapeva che mi piaceva essere legata, e in più di un'occasione aveva usato la fascia del mio accappatoio per legarmi le mani dietro la schiena, oppure per legarmi alla testata del letto.

Deek aveva un'ottima inventiva, era dedito. Il solo pensiero mi faceva inturgidire i capezzoli.

"Conosco quello sguardo," disse Sarah con un sorriso. Prese un piatto con del cibo dalla unità vivande nel muro. Il cibo fumante aveva un buon odore, ma non avevo mai visto niente di simile prima d'ora e mi misi a fissarlo. Ovviamente anche Deek mi aveva già dato da mangiare, ma non ci avevo mai fatto troppo caso, perché lui era sempre nudo. Ma se era Sarah a servirmi –

"Radice di Goju. Ti piacerà," disse prendendone un piatto per sé.

Contrassi le labbra e guardai quel vegetale violaceo. Lo assaggiai solo dopo che anche Sarah si era seduta e ne aveva preso una forchettata.

Spalancai gli occhi. Era dolcissimo. "Sa di... patate... col burro!"

Sarah mi indicò con la forchetta. "Esatto!" Masticò e inghiottì. "Il party ci sarà domani sera. Dax non voleva averlo a casa nostra, ma solo perché non l'ha mai fatto prima d'ora. Gli ho detto che andrà tutto bene." Si sporse in avanti e sussurrò, come se il suo compagno fosse nelle vicinanze. "I signori della guerra Atlan non amano le feste."

"Voglio sapere come hai fatto a convincerlo" disse dimenando le sopracciglia.

Fu Sarah ad arrossire questa volta.

"Incontrerai parecchia gente, farai nuove amicizie. Ovviamente ci saranno anche le mogli degli altri guerrieri. E anche Tia. È tipo una cugina di secondo grado di Deek. Una cosa del genere."

"Deek mi ha detto che lei ed altri saranno lì. Anche il padre di Tia. Angle... giusto?"

"Engel Steen. Dax ha detto che è un pezzo grosso, a capo di tutte le spedizioni che lasciano il pianeta. È anche ricco. Ha combattuto con lo Sciame per parecchio tempo prima di tornare a casa. Tia è sua figlia. A quanto pare, Tia e Deek furono promessi l'un l'altra da bambini, ma poi Deek non è mai tornato dalla guerra, l'hanno sempre fatto salire di grado. E, quando finalmente è tornato, era in preda alla febbre. Engel voleva tantissimo che Tia si accoppiasse con Deek, ma Deek si è rifiutato e Tia probabilmente sapeva che loro due non erano destinati a formare una coppia – sempre che non l'avesse capito ancora prima. E poi sei arrivata tu."

"E ho rovinato tutti i loro piani?" Poggiai la forchetta e bevvi un sorso di vino. Gli Atlan non lo volevano, il vino, ed era un'ottima cosa. Riusciva ad ammorbidire momenti del genere, quando volevo prendere la forchetta che avevo in mano e ficcarla negli occhi di Tia. Non la conoscevo nemmeno, ma il fatto che lei avesse il benché minimo interesse nei confronti di Deek mi faceva impazzire di gelosia. Forse anche io avevo una bestia dentro di me.

Sarah sbuffò. "Non penso che provare a costringere un signore della guerra di Atlan, un comandante di terra eletto, a fare qualcosa che non vuole fare sia un piano ben congegnato."

"Che vuoi dire, eletto? Non vengono promossi, come tutti i soldati?"

Sarah scosse la testa. "Nel modo più assoluto. Gli Atlan sono cazzuti come nessuno. Se un minuscolo umano o un comandante Trio provasse a dar loro degli ordini sul campo di battaglia, probabilmente gli staccherebbero la testa dal collo. Ho visto Dax combattere contro lo Sciame. Sono fottutamente spaventosi quando combattono."

"E quindi eleggono i loro comandanti?"

"Sì. E Deek era a capo di migliaia di soldati. Ecco perché adesso è famoso e super ricco."

A giudicare da casa sua, era ricco eccome, ma Deek non se ne vantava. Certo, non ero ancora uscita di casa assieme a lui. Eppure, facevo fatica a sopravvivere dopo la morte dei miei genitori, avendo passato tutta la vita a contare i centesimi. E ora era confortante sapere che non dovevo più ammazzarmi di lavoro e sottostare agli ordini di uno stronzo.

"E ogni donna Atlan sul pianeta mi odierà a morte," borbottai infilzando una patata Atlan.

"E a chi importa? Lui ti vuole." Prese un'altra forchettata studiando la mia espressione imbronciata. "Hanno fatto sfilare parecchie donne per quella prigione, Tiffani. Deek le ha rifiutate tutte. Dax ha detto che Tia è andata lì più e più volte. Ma Deek non la voleva. Voleva te."

"Lei continua a non piacermi," risposi.

Sarah rise. "Mi dispiace per lei. A dire il vero, è proprio graziosa... e totalmente innocua." Il sorriso di Sarah scomparve e io prestai attenzione a quello che diceva. "Non penso che lei lo volesse davvero. Ma non voleva vederlo morire."

"Questa... è una bella cosa." E lo era, ma una paura profonda mi afferrò la gola ripensando che Deek era stato a un passo dall'esecuzione, e questo mi fece piacere Tia un po' di più, anche se allo stesso tempo volevo che mi piacesse ancora di meno. "Sì, beh, io l'ho salvato, e quindi non morirà."

"Proprio così." Sarah sollevò il suo bicchiere di vino e lo fece tintinnare contro il mio.

"Pensiamo a trovarti un vestito per domani sera e poi finirò di organizzare il tutto. Sono certa che Deek sia irrequieto."

"E Dax?" chiesi, mi sfuggì un accenno di risata e pensai ai nostri enormi compagni rannicchiati nei piccoli uffici qui vicino, mentre provavano a concederci un po' di tempo tra ragazze, ma incapaci di allontanarsi. Avevano detto che era a causa dei bracciali e del dolore che ci avrebbero procurato se ci fossimo allontanate troppo, ma io penso che fosse più perché volevano rimanere sempre e comunque vicini a noi.

"Conosci le tue bestie."

"Ah sì?"

"Diamine, sì. Sono insaziabili. Conosco Dax. Può concedermi solo un tot di tempo assieme a te prima che venga a cercarmi."

Sorrisi. "E poi?"

Sollevò di nuovo il bicchiere di vino. "E poi ci procureranno degli orgasmi che ci faranno ricordare perché non vogliamo allontanarci da loro."

Brindammo e sorseggiammo il nostro vino. Sì, il mio compagno era piuttosto possessivo, non solo nei miei confronti, anche del mio tempo. Ero contenta che capisse che avevo bisogno di stare con Sarah, il mio unico legame con la Terra. Ma lei aveva ragione: Deek – e così Dax – avevano una pazienza limitata quando si trattava di me e, nel momento in cui ci saremmo ritrovati da soli, mi avrebbe spogliata e mi avrebbe fatto implorare.

Quel pensiero mi fece contrarre la figa. Dio, sì, quanto mi piaceva essere la compagna di un Atlan.

7

eek

Il sogno era incredibile. Una donna stava sopra di me, era leggera, ma mi teneva premuto contro il letto. Aveva la pelle liscia e morbida, il suo profumo mi faceva indurire il cazzo. Mi baciava sul petto, la sua bocca calda mi succhiava i capezzoli, e poi più in basso, leccandomi l'ombelico. E poi si mosse sempre più in basso, fino a quando le sue dita agili non mi aprirono i pantaloni. Sollevai i fianchi e la aiutai a sfilarmeli, bramavo la sua bocca sopra il mio cazzo. Era dolorosamente eretto, arrabbiato e zuppo di pre-eiaculazione.

Aveva risvegliato la mia bestia. Eppure, invece di ringhiare e aggirarsi dentro di me, la bestia si dava delle arie, concordava con la mia mente Atlan: era questo che entrambi volevamo.

Una bella succhiata di cazzo.

La sua lingua mulinò attorno alla punta leccando la mia essenza, goccia dopo goccia. Le mie dita avvinghiate ai suoi capelli, ciocche di seta alle quale mi aggrappavo per guidarla lungo la mia asta dura e incoraggiarla ad abbassare la testa. A prendermi fino in fondo. A prenderlo tutto in quella sua bocca calda e umida.

Oh dèi. Le sue succhiate, la sua lingua che mulinava... era troppo. Inarcai i fianchi spingendomi più a fondo dentro di lei. Era magnifico, l'orgasmo mi cresceva alla base della spina dorsale. Lo sperma mi ribolliva nelle palle, le stringeva, pronte a rilasciarlo. Un fitto caldo e denso sulla sua lingua, giù per la sua gola.

Sì. Dèi, sì.

Spalancai gli occhi sentendo la connessione che avevo con questa donna. Sollevai la testa, la guardai, il mio cazzo le spalancava le labbra rigogliose.

Tiffani. La mia bellissima compagna, la mia compagna perfetta. E con il mio cazzo in bocca.

Mi lasciò andare con un forte *pop*. "Ciao, amore."

La sua voce era rauca ma rassicurante, il sorriso che mi offriva era calmo, solo e soltanto per me. Mi ero addormentato mentre la aspettavo. Sarah era venuta alla nostra porta e ci aveva interrotti – interrotto una delle nostre tante scopate giornaliere – ma negli occhi di Tiffani avevo scorto la voglia di passare del tempo con qualcuno del suo pianeta. Non le potevo negare nulla, nemmeno incontrarsi con una nuova amica. E così me ne ero andato nel mio ufficio insieme a Dax e, lì seduti, avevamo sentito mentre ridevano in cucina. Ero felice che lei fosse felice, ma l'avrei portata a letto non appena i nostri amici se ne fossero andati. Mi aveva sfiancato. Ogni nostro incontro sessuale mi sconquassava più del combattere contro lo Sciame. E così, dopo che l'avevo presa nuovamente, il mio seme dentro di lei, mi ero addormentato con un sorriso sulla faccia, la bestia saziata, solo per svegliarmi e ritrovarla con la bocca attorno al mio cazzo.

Avevo il respiro pesante, il mio bisogno era come una pressione fortissima sulle palle. Guardai i braccialli attorno ai miei polsi, fuori posto vicino alle mie dita che le stringevano i capelli. Le sue mani posate sui miei fianchi, ai polsi i due braccialli identici. Quei braccialli la marchiavano come mia. Tutta mia. I suoi lunghi capelli marroni si raccoglievano sopra le mie cosce, mentre lei continuava a lavorarmi con la bocca. Mi afferrò la base del cazzo, muovendosi veloce, con passione sopra la testa, e per poco non venni all'istante. L'orgasmo mi ruggiva dentro, ma mi trattenni. Volevo metterle il cazzo nella figa, il seme nella pancia. Volevo che il mio bambino crescesse dentro di lei. Avevo bisogno di sapere che lei era mia in ogni modo possibile.

"Fermati, Tiffani."

Sollevò la testa e mi afferrò con entrambe le mani, ruotandole come una civettuola spietata, mentre io affondavo nella sua presa stretta.

"Ti sei addormentato," mormorò, "e io non avevo ancora finito con te."

"Mmm," risposi. "Ho avuto una compagna che mi ha sfiancato, ha usato il mio corpo e ha implorato per orgasmi fino a quando non ero troppo stanco per restare sveglio."

Sorrise. Sul volto aveva lo sguardo della donna che sapeva di avermi in pugno. Anche se ero io quello dominante, era lei ad avere tutto il controllo. Il suo respiro mi sventolava sul cazzo, e avrei fatto tutto quello che desiderava.

Allentò la presa e si mise a sedere. Cazzo, era nuda e formosa, morbidissima, perfetta. Ringhiai. Non riuscii più a trattenermi, e uno spruzzo caldo di seme mi finì sulla pancia. Tiffani spalancò gli occhi, mi guardò mentre venivo, pulsazione dopo pulsazione. Non riuscivo a controllarlo, non potevo rinnegare il piacere, mi aveva portato fino al limite con la sua bocca calda, e poi mi aveva dato la spinta finale quando si era seduta e mi aveva mostrato il suo corpo nudo. Seni grossi, rotondi, capezzoli piccoli. Una pelle pallida e cremosa che si curvava perfettamente sotto le mie mani. Ero venuto come un giovincello allupato.

Era troppo bella. Non dovevo fare altro che guardarla per perdermi.

"Quello doveva finire dentro di me," mi rimproverò. Si morse le labbra e si mise a studiarmi mentre provavo a riprendere fiato, il piacere e il sollievo datimi dall'orgasmo mi avevano spento il cervello.

E lei continuava a fissarmi il cazzo, le sue mani continuavano a giocarci, tracciavano la lunghezza, i bordi. Aveva le dita delicate.

"Non dovrebbe sgonfiarsi dopo che sei venuto?" chiese fissandomi il cazzo sempre duro. Non si sarebbe 'sgonfiato', come diceva lei, ma al contrario si sarebbe indurito di nuovo.

Afferrai le lenzuola e mi pulii. "Non ti preoccupare, ce n'è in abbondanza. Lo vedi quello che mi fai, compagna?"

"La tua bestia non si calma mai?" chiese.

Mi presi un momento per pensare alla bestia. Era stata domata, almeno un po', ma era sempre alla ricerca di orgasmi. Ma, negli ultimi giorni, mentre io e Tiffani ci prendevamo del tempo per imparare l'uno dall'altra – parlando e scopando – la bestia l'aveva sempre voluta. Non si ammorbidiva mai dopo un orgasmo, non sembrava che riuscisse a liberarsi di quella voglia che ribolliva sempre appena al di sotto della superficie.

Ripensai agli altri signori della guerra con cui avevo parlato nel corso degli anni, i guerrieri Prillon che avevano preso una compagna a bordo delle corazzate. Dicevano che il desiderio nei confronti della loro compagna non era come un fuoco, non era qualcosa che si poteva spegnere. No, la lussuria e la voglia erano più come una stella che ribolliva lentamente. Sarebbe esplosa, sparando palle di fuoco nelle tenebre delle nostre anime martoriate, e poi avrebbe continuato a rifluire per sempre, di continuo, in attesa di esplodere ancora.

Adesso Tiffani era il mio mondo, e io volevo che lei questo lo sapesse. Avevo bisogno che comprendesse le profondità della mia devozione nei suoi confronti. Scossi lentamente la testa e sollevai gentilmente la mano per accarezzarle la guancia.

Premette la faccia contro il mio palmo e io sentii un appagamento che rivaleggiava con la sensazione che provavo quando urlava il mio nome, quando la sua figa si contraeva spasmodica attorno al mio cazzo. "Mai, Tiffani. Né l'uomo né la bestia. Nessuno di noi sarà mai sazio di te."

Arrossì, un bel rosa le chiazzò le guance. Come mi aspettavo. Ma mi aspettavo anche che abbassasse gli occhi, che rompesse l'intensità del mio sguardo, mentre provavo ad assorbire la sua essenza dentro i miei occhi.

Non lo fece. Il suo sguardo verde e profondo sostenne il mio, e l'emozione che vi scorsi mi tolse il fiato, sovraccaricò il mio cazzo come un fulmine e lo fece diventare duro come ferro tra le sue mani.

"È il mio lavoro, saziarti," disse stringendo le mani

attorno alla base del mio cazzo. Cominciò a massaggiarmelo con movimenti esperti. "Lasciami fare il mio lavoro."

Ringhiai di fronte al suo comportamento coraggioso. Sì. Me ne sarei rimasto qui disteso, lasciandola fare. Non ero abituato a lasciare a qualcun altro il controllo, ma per Tiffani mi sarei sottomesso. Per ora. La sua aggressività sessuale, il suo desiderio era eccitante. Sì, se voleva prendere il controllo, avrei affidato il mio corpo alle sue cure. E così anche la mia bestia.

Si diede da fare con la bocca e le mani, portandomi a un passo dall'orgasmo subito prima di fermarsi. Mi stuzzicò con le mani, poi le sue labbra piene cominciarono ad esplorare il mio corpo mordicchiandomi e leccandomi. Voleva spingermi al limite. Si dava da fare per condurmi in un picco febbricitante e poi si fermava, era come se mi stesse testando.

Si fidava di me. Non sarei impazzito.

Ma non si poteva dir di no alla mia bestia. Non riuscivo a trattenermi, non riuscivo a resistere alla mia compagna. Mi masturbò per un po', i miei fianchi scalciarono per averne di più. La sua presa era sempre salda. Si inginocchiò e si mise cavalcioni, aprendosi per permettere al mio cazzo di annidarsi contro la sua figa.

"Il tuo lavoro?" chiesi mordendomi le labbra per non venire. Di nuovo. "Scoparmi la mia compagna non è un lavoro." Mi sedetti e cominciai a baciarla sulle spalle. Gemette.

"Baciare la mia compagna non è un lavoro." La mia bocca incrociò la sua in un bacio non casto. Non potevo esserlo. Mi aveva spinto troppo in là. Era esplosivo, la mia lingua si avvinghiava alla sua, faceva dentro e fuori dalla sua bocca, come il mio cazzo avrebbe presto fatto con la sua figa.

Interruppi il bacio, respiravamo in modo ansimante. Abbassai la testa e avvolsi uno dei suoi capezzoli con la bocca, lo succhiai e lo leccai, lo mordicchiai appena con i denti.

"Farti inturgidire i capezzoli non è un lavoro."

Mi spostai sull'altro capezzolo e le sue dita affondarono tra i miei capelli. Volevo incitare la sua passione, spingerla al limite dell'orgasmo prima ancora di prenderla. La volevo pazza, così come ero io; selvaggia come la mia bestia.

Feci scivolare le dita in mezzo alle sue cosce spalancate, le bagnai nei suoi umori, me li portai alla bocca e li leccai.

"Non è un lavoro assaporarti la figa, farti venire."

Gli occhi le si incendiarono, poi si chiusero sentendo le mie parole carnali. Le sollevai i fianchi e la feci riabbassare sopra il mio cazzo. Si infilò sopra di me come un guanto, fino in fondo. Gememmo entrambi di piacere. Era così calda, bagnata e stretta. Io ero grande, ma lei mi prese tutto. Era perfetto. *Lei* era perfetta.

Cominciò a cavalcarmi, le sue mani sulle mie spalle per bilanciarsi. La mia bestia fu costretta ad afferrarle i fianchi e a guardarla in faccia, guardare il luccichio della sua pelle, il modo in cui la sua bocca si apriva mentre gridava. Sollevavo i fianchi sotto di lei, affondandolo sempre di più. Aveva la testa all'indietro, gli occhi chiusi, la bocca aperta e il respiro affannoso. I suoi seni rimbalzavano e ondeggiavano, mentre lei continuava a usarmi per il suo piacere, e io non riuscivo a non guardare. Non volevo fermarla.

Questo non era fare l'amore in modo gentile. Era selvaggio e carnale. Intenso e potente. La aiutai a raggiungere il baratro, e poi la spinsi oltre quando feci scivolare un dito sul suo clitoride umido e cominciai ad accarezzarla, prima sul lato, e poi in cima.

Mi conficcò le unghie nelle spalle e urlò. La sentii contrarsi attorno al mio cazzo, provare a farmi andare ancora più in fondo. I suoi umori mi ricoprirono completamente, erano come un benvenuto, e io li usai per accelerare il ritmo, dentro e fuori, tirando fuori il suo orgasmo, spingendola ad averne un altro. Il suo profumo stuzzicava la bestia, e io sapevo che presto avrebbe richiesto di assaporarla ancora. Il sapore della sua eccitazione sulla mia lingua non era mai abbastanza, era dolce come il miele, eppure era oscuro e selvaggio, e compiaceva la mia bestia.

La bestia ringhiò, selvaggia, e io presi il controllo cominciando a scopare la mia compagna con più vigore.

"Cazzo," mormorai. Ce l'aveva stretta, così stretta che mi stringeva come una morsa. La prendevo in modo meccanico. La scopavo. Ero come un animale in calore.

Tiffani gemette e io mi bloccai. Ebbi un tuffo al cuore. Temevo di averle fatto del male. Il suo corpo soffice aveva ceduto tra le mie braccia in modo così perfetto che avevo cominciato a perdere il controllo, a prenderla come volevo. A scoparla duramente, costringendo il suo corpo ad allargarsi, ad accomodare il mio cazzo grosso.

"Non fermarti!" Mi tirò i capelli, scosse i fianchi per protesta.

"Io non mi fermo mai," ringhiai. Aprì gli occhi mentre ricominciavo a martellarla. "Sei mia. Bellissima, cazzo."

I suoi occhi di smeraldo incrociarono i miei. Vidi in loro la passione e il desiderio, il bisogno di venire ancora che cresceva come una tempesta.

"Mia. Mia. *Mia*." Rugliai penetrandola. Era la mia compagna. Lo sapevo. La mia bestia lo sapeva. Il suo profumo, il suo sapore, il suo corpo. Anche i suoni che faceva quando veniva. Tutto riusciva a calmare la mia bestia e a farla ululare di felicità-

E io, l'uomo, avevo bisogno di venire. Mi ero svuotato le palle un minuto fa, ma c'era altro seme, tutto per lei. Ce ne sarebbe sempre stato. Le morsi il collo là dove si univa alla spalla e mossi le mani per afferrarle il sedere e spalancarle la figa. La penetrai usando le mani per far andare il suo culo su e giù sul mio cazzo.

"Vieni ancora, amore mio. Vieni sul mio cazzo," sussurrai nel suo orecchio, la mia voce deliberatamente gentile. Il mio cazzo no.

Forse fu l'ordine che le diedi. Forse fu il fatto che la stessi accettando come compagna. Forse furono le mie mani sul suo culo, che la bloccavano e la costringevano ad arrendersi a me.

Qualunque fosse la causa, le sue pareti interne si incresparono e lei mi tirò più a fondo. Il suo orgasmo la fece scuotere, ma non urlò. Non mi offrì nessun suono, mentre venivo dentro di lei e la riempivo con il mio seme. La marchiai, la rivestii con la mia essenza.

I nostri orgasmi ci avevano sincronizzati, ci avevano connessi, uniti come avevano già fatto i bracciali.

Lei era mia. Io ero suo. E la bestia era stata saziata ancora una volta.

8

 eek

"Quanto dobbiamo rimanere?" sussurrai all'orecchio di Tiffani. Ovviamente la mia bestia non aveva potuto fare a meno di notare il suo profumo di donna e mi aveva costretto a baciarla sul collo. "Con questo tuo vestito... non durerò a lungo."

"Siamo qui da solo mezz'ora," rispose voltando la testa per guardarmi negli occhi. Aveva lo sguardo felice. Il mio complimento le aveva fatto piacere.

Le facevo spesso dei complimenti.

I suoi occhi verdi erano messi in risalto da un certo colore che aveva aggiunto alla sua faccia. Il colore del vestito si addiceva perfettamente a quello dei suoi occhi. Quando era uscita dalla camera da letto vestita in quel modo ci era mancato poco che non me ne venissi nei pantaloni. La mia bestia voleva saltarle addosso e scoparla là, in mezzo al corridoio.

Infatti, adesso staremmo a letto, nudi e sazi, se non avesse sollevato la mano per fermarmi e dirmi che mi avrebbe ucciso, se solo avessi osato rovinarle lo chignon. I suoi capelli castani erano impilati in cima alla testa. Le ci era voluto un'ora per prepararsi. Io non potevo lamentarmi, perché quell'acconciatura circondava in modo perfetto la rotondità sensuale del suo viso e le faceva apparire gli occhi ben più grandi.

Era come un sogno. Nessuna donna così bella poteva essere reale.

Ma lei lo era. Ed era mia. Per sempre. Ero il bastardo più fortunato di tutto l'universo.

Tiffani mi sorrise e mi prese la mano. Quel piccolo gesto mi liberò qualcosa nel petto. Grazie agli dèi, nessuno di noi doveva vergognarsi riguardo alla nostra connessione. Quel movimento leggero, le sue dita intrecciate alle mie, era una reclamazione pubblica tanto forte quanto i bracciali attorno ai suoi polsi. Ma era *lei* a reclamare *me*. In piedi, al mio fianco, in una stanza piena di estranei, lei dichiarava che io ero suo.

Ero un signore della guerra *e* un comandante. Ero stato in così tante battaglie che il loro ricordo si confondeva, diventava un flusso di agonia, furia, terrore e morte. Erano state la mia vita. Fino a lei.

Sbattei le palpebre, ritornando alla realtà. Lei mi guardava con un tenero sorriso sulle labbra. Il suo sguardo era pieno di accettazione. Desiderio. Forse... potevo osare sperarlo? Amore? Ciò nonostante, quello sguardo era un chiaro invito. Mi spostai il cazzo dentro i pantaloni e contai i minuti che ci separavano dalla nostra camera da letto, quando le avrei strappato i vestiti di dosso e sarei affondato dentro di lei.

Si avvicinò una coppia Atlan. Erano i Carvax, se mi ricordavo correttamente. Strinsi la mano del guerriero e lo presentai a Tiffani, che a sua volta fu presentata alla sua compagna. Ci vollero solo un paio di minuti ma, quando la coppia si allontanò, il mio finto sorriso svanì.

"Io odio queste cose. Ecco perché non mi sono mai buttato in politica."

"Ma io pensavo che tu volessi... mostrarmi in giro." Il suo sorriso malizioso mi fece venire voglia di sculacciarla. "Almeno è così che hai detto."

"Ho cambiato idea. Ti voglio tutta per me."

La sua risata divertita mi diede piacere, così come lo fece il modo in cui mi strinse la mano. "Sei un tale cavernicolo."

Non sapevo cosa fosse un cavernicolo, ma lei sorrise nel dirlo, e quindi doveva essere una cosa buona. "Quel vestito ti mostra abbastanza in giro."

Si guardò la scollatura ampia. "Una quarta di seno strizzata in questi vestiti."

"Che significa? Non capisco. E non voglio una compagna strizzata. Mi piaci così come sei." Incapace di resistere, mi voltai verso di lei e la tirai a me. Le avvicinai la bocca all'orecchio e le sussurrai così da non farmi sentire da nessun altro. "Mi piaci così, morbida e rotonda. Mi piace affondare nel tuo corpo mentre ti penetro fino in fondo. Mi piace come i tuoi seni si muovono quando ti scopo. Mi piace guardare il tuo culo ondeggiare mentre ti sculaccio con una mano e ti scopo con l'altra."

Il suo respiro cambiò e sentii l'odore della sua risposta corporale, la calda umidità che le inondava la figa alle mie parole.

"Fa' il bravo, Deek." La sua voce era divertita.

"Te l'ho detto, questa cavolo di festa dura troppo. Ti voglio nuda." Le misi le mani sui fianchi e la avvicinai a me, in modo da non farle mancare il duro benvenuto della mia erezione.

"Il vestito di Sarah è più succinto del mio," rispose.

"La scollatura di Sarah è un problema di Dax," borbottai. "Resistere alla tua è un problema mio."

"Io non voglio che tu resista."

La mia bestia ringhio di fronte a quel tentativo sfacciato di seduzione. La mia compagna era la tentazione fatta persona. Quando cazzo finisce questa festa?

"Comandante Deek." Un uomo si schiarì la gola e riluttante lasciai andare la mia compagna. Ci voltammo e salutammo l'uomo che ci si era avvicinato.

Mi irrigidii. Erano Engel Steen e Tia. Tia indossava un vestito simile a quello di Tiffani: il suo vestito era rosso scuro e le metteva in mostra i seni pesanti. E sì, per quanto riguardava la bestia, quest'altra donna avrebbe potuto benissimo essere un soldato dello Sciame.

Strinsi la mano dell'altro signore della guerra. Portava un'ampia tunica nera e dorata e dei pantaloni fluttuanti adatti a un uomo della sua statura. Era lo stile civile che anche io avrei dovuto seguire. Gli Atlan erano sempre pronti a combattere o a difendere le loro compagne da un uomo dilaniato dalla febbre. Avevo portato l'armatura per così tanto tempo che ora mi sentivo nudo con indosso quel vestito grigio e verde che mi aveva ordinato Sarah così da farmi 'abbinare' a Tiffani.

Avevo pensato che quell'idea fosse assurda, ma avevo lasciato che le donne facessero quello che volevano. Non mi importava niente dei miei vestiti. Ma ora, mi faceva piuttosto piacere sapere che a tutti bastava guardarci per sapere che lei era la mia compagna, che era con me. E che era mia.

Tia si schiarì la gola e mi guardò, in attesa. Indicò la mia compagna con la testa e sollevò le sopracciglia come a dirmi che ero il più grande idiota sulla faccia del pianeta. Io riconoscevo i suoi desideri, ma ero contento che mi trattasse come un fastidioso fratello maggiore e non come un potenziale compagno.

"Tiffani, ti presento i miei cugini. Questo è Engel Steen. Lavora per il consiglio di Atlan ed è a capo delle spedizioni interplanetarie."

"Piacere di conoscerti." Tiffani offrì la mano secondo una strana usanza della Terra che lei e Sarah avevano provato a spiegarmi. Le avevo detto che ai compagni non piaceva che altri toccassero le loro compagne. Se gli Atlan si fossero 'stretti la mano', come facevano quelli della Terra, parecchi guerrieri si sarebbero fatti male.

Come mi aspettavo, Engel osservò Tiffani per un secondo e poi fece un inchino profondo per offrirgli il suo rispetto. Noi facevamo così. "Mia lady, è un onore."

Tiffani mi sorrise svelta, ma vidi una sconfitta rassegnazione nei suoi occhi. Avevo vinto questa discussione.

Tiffani sorrise a Engel e abbassò il braccio. "Grazie."

"E questa è sua figlia, Tia."

Il nome di Tia fece irrigidire Tiffani, ma penso che nessuno se ne accorse. Fece un ampio sorriso. Tia offrì la mano alla mia compagna, il cui sorriso divenne genuino quando decise di accettare quel gesto.

"È un onore conoscerti, Tiffani. Sono contenta che voi siate qui." Arrossì, appena appena, ma sapevo che Tia aveva visto le sue guance colorarsi quando la schiena della mia compagna si era irrigidita e il suo sorriso si era fatto di nuovo forzato.

"Grazie. Piacere di conoscerti."

Tia ritirò la mano. Era più alta della mia compagna di tutta la testa, gli occhi scuri preoccupati mentre giocherellava con i suoi lunghi capelli neri, gettandoli dietro le spalle come se non avesse niente di meglio da fare. Quando Tia fece un respiro profondo, mi preparai al peggio.

"Il tuo vestito è incantevole," disse Tia, e io sospirai sollevato.

Il sorriso della mia compagna si ammorbidì e divenne reale. "Grazie. Anche il tuo è bellissimo."

"Adesso sei parte della famiglia, e mi piacerebbe tantissimo farti da guida. Deek potrà anche essere bravo, ma gli manca un po' di tocco femminile." Gli occhi scuri di Tia erano sinceri. "Vorrei tanto che diventassimo amiche."

"Anch'io." Tiffani mi guardò. "Ho sentito dire che ti sei offerta come compagna di Deek per salvargli la vita."

Tia sembrava in apprensione, come se temesse di rispondere. Non la biasimai. Sapevano tutti che gli Atlan, maschi e femmine, erano compagni possessivi. Strizzai la mano di Tiffani per dirle di non uccidere la mia lontana cugina.

"Sì," ammise finalmente Tia. "E scommetto che hai anche saputo che Deek ed io eravamo promessi sposi fin dall'età di cinque anni."

Tiffani mi guardò sorpresa, ma io le misi una mano attorno alla vita e la avvicinai a me, mentre Tia continuava.

"Voglio che tu lo sappia. Io voglio bene a Deek. È come un fratello per me. Siamo cresciuti insieme. Ma nessuno di noi due voleva formare una coppia, Tiffani. Nemmeno la sua bestia mi voleva. Lo abbiamo sempre saputo. Voglio che tu lo sappia. Quando gli ho fatto visita e mi si sono offerta a lui, era perché non potevo lasciarlo morire senza almeno provare a salvarlo. Non potevo."

Tiffani, da rigida tra le mie braccia, si rilassò e fece un passo in avanti per abbracciare Tia. "Grazie per averci provato. Capisco. E te ne sono grata. È bello sapere che Deek ha una famiglia che lo ama tanto."

Engel si schiarì la gola e Tiffani fece un passo indietro. "Sì, Deek. Sono enormemente sollevato nel sapere che stai bene e hai trovato una compagna. Eravamo tutti preoccupati per te."

"Grazie, cugino." Non avevo mai pensato all'offerta di Tia come a un sacrificio, come a un atto di amore fraterno. Ma ora, grazie a Tiffani, avevo finalmente capito, e la mia rabbia era svanita completamente. Suo padre, però, era tutto un altro paio di maniche. Non avremmo perso tempo in conversazioni gentili.

Guardai la donna che voleva sacrificarsi per salvarmi la vita. "Grazie, Tia. Ne sono onorato."

Tia guardò suo padre e gli diede di gomito.

"Giusto," disse. "Sarebbe stata una vera vergogna se un comandate come te fosse perito tra le mani della febbre. Sarebbe stato un tragico spreco."

Tia e Tiffani continuarono a chiacchierare riguardo al mercato, allo shopping e altre cose da femmine, mentre io continuavo ad osservare Engel. Sì, l'avrebbe considerato uno spreco. Sarebbe stato proprio uno spreco se fossi morto a causa della febbre invece di mantenere la mia posizione come comandante della Flotta. Tiffani si accigliò leggermente e mi prese la mano, come se potesse percepire la mia rabbia. Questo mi piaceva, piaceva anche alla mia bestia. Un gesto così semplice, eppure il suo tocco placò la mia irritazione come nient'altro avrebbe potuto fare.

Engel poteva anche essere il cugino di mia madre, ma era anche un membro del Consiglio che era rimasto al potere troppo a lungo. In passato mi erano stati chiesti dei favori, ero stato usato per la mia posizione all'interno della Flotta, ma nessuno della mia famiglia aveva mai tentato di corrompermi. Fino a Engel.

Vendere le armi della Coalizione a dei pianeti primitivi era illegale. Engel questo lo sapeva. Ogni recluta del primo anno sapeva che non davamo i cannoni a ioni ai selvaggi. Eppure Engel voleva fare esattamente questo. Durante la sua visita sulla Corazzata Breek, l'avevo sorpreso mentre caricava due casse piene di armi su una nave da carico che doveva portare dei medicinali su Xerima.

Quelli di Xerima erano dei barbari. Grossi quanto noi, i loro guerrieri non facevano altro che combattere per le donne e i territori. I più forti si prendevano tutto. Il loro pianeta era protetto dalla Flotta della Coalizione, ma non gli erano stati garantiti i diritti o i privilegi degli altri pianeti membri. Non ancora.

Avevo sequestrato le armi e lo avevo portato al comando. Ma Engel aveva amici dappertutto, e lo avevano rilasciato subito dopo l'arresto.

Il consiglio aveva scelto di credere alle sue bugie, disse di essersi sbagliato, che c'era stato un errore sulla bolla di carico.

Io non gli credevo. E i suoi ripetuti tentativi di costringermi a prendere sua figlia come compagna puzzavano di ulteriore manipolazione. Se io fossi diventato il compagno di Tia, quanta gente sarebbe stato in grado di corrompere, di intimidire? Con un potente comandante come figlioccio?

"Sei stata veramente coraggiosa," disse Tia. "I notiziari parlano solo di te." Esalò un profondò respiro e le sue parole mi fecero risvegliare dalla mia trance.

"Notiziari? Che notiziari?" Tiffani mi guardò in cerca di una spiegazione, una che speravo proprio di non dover dare.

9

eek

Esitai, e Tia sorrise alla mia compagna. "Non te l'ha detto? Sei famosa."

Tiffani impallidì, e le spiritosaggini di Tia mi diedero un fastidio enorme. "Tia, smettila di spaventarla."

"Perché non glielo hai detto? Quanti intervistatori hai già rifiutato?"

Tiffani mi guardò storto, cominciando ad irritarsi. "Quindi?"

Sospirai e cedetti. Dax e io avevamo discusso di questo problema in lungo e in largo. Sapevo che prima o poi avrei dovuto capitolare. Il mio popolo voleva conoscere Tiffani. Lei mi aveva salvato la vita e tutti la amavano. Io ero un bastardo egoista che se la teneva tutta per sé. Il mondo sapeva che occorreva del tempo per riprendersi completamente da quella febbre feroce. Ma io non sapevo più come tenere i giornalisti alla larga. Presto sarebbero tornati a bussare alla nostra porta. "Ventidue."

"Oh, mio Dio." Gli occhi di Tiffani si arrotondarono, sorpresi. "Sono una cameriera di Milwaukee. Non sono così interessante."

Sospirai. "E questo soltanto ieri."

Tia incrociò le braccia sbuffando. "Non puoi mica tenerla nascosta nella tua camera da letto per tutta la vita, *Comandante*."

Tiffani rise, ma era ancora furiosa. Mise la mano sul braccio di Tia. "Grazie per l'avvertimento."

Tia sembrò confusa da quel tocco – alla mia compagna piaceva un sacco toccare la gente – ma poi sorrise. "Beh, siamo una famiglia, adesso. E noi donne dobbiamo fare comunella."

"Ora che ci penso..." disse Engel. Lo guardammo tutti tirare fuori qualcosa dalla tasca dei suoi pantaloni. Era una piccola borsetta nera con una catenella dorata.

"Questo è per te." Engel diede la borsetta a Tiffani tenendo gli occhi fissi su di me. "Un'offerta di pace, per farmi perdonare. Benvenuta in famiglia, Tiffani."

Tiffani prese la borsetta e la aprì facendone cadere il contenuto nella sua mano. "È bellissima. Grazie."

Vidi la collana e subito mi rilassai. Anelli d'oro intarsiati con placche di grafite decorate con i simboli della nostra famiglia. Questa era la collana che avevo rifiutato in prigione. Questa volta, però, Tia non l'aveva offerta a me, ma alla mia compagna.

Engel mi guardò: era come se potesse leggermi nel pensiero. "Dal momento che Tiffani è la tua compagna e questo è un cimelio di famiglia, pensavo fosse il caso di fargliene dono."

Guardai Tia per vedere se fosse d'accordo. Annuì. "Starà benissimo con quel vestito, Tiffani."

Tiffani sollevò il regalo e me lo porse. "Mi aiuti?"

"Certo." L'avrei aiutata sempre e comunque, di qualunque cosa avesse avuto bisogno.

Presi la collana dalla sua mano e la feci scorrere tra le mie dita. Me la ricordavo benissimo. "Da piccolo mi sedevo in grembo a mia nonna e giocavo proprio con questa collana. Mi piaceva il modo in cui la luce si rifletteva sull'oro."

"Forse un giorno nostro figlio farà lo steso." Tiffani mi offrì quella visione e si girò di schiena verso di me. Aprii la chiusura e le sistemai quella costosa collana attorno al collo, poi la baciai sul collo. Ora potevo smettere di immaginare mio figlio sulle ginocchia di Tiffani, la sua piccola mano paffuta che afferrava gli anelli dorati. Quel regalo mi fece sentire umile e grato.

"Davvero generoso, Consigliere. Ed è perfetta per la mia compagna. Grazie."

Tiffani toccò i freddi anelli e poi lo ringraziò a sua volta.

Arrivò un'altra coppia e si mise di fianco ad Engel. Lui li guardò e annuì. "Hai altri ospiti da intrattenere. Non ti tratterremo oltre."

Engel annuì e prese Tia sottobraccio guidandola verso il tavolo del rinfresco, mentre le parole di Tiffani li inseguivano. "Chiamami, o quello che vuoi. Voglio andare presto a fare shopping!"

"Perfetto!" Il sorriso di Tia era pieno di gioia, e io lasciai che la mia rabbia se ne andasse con Engel. Era un uomo d'altri tempi che giocava a giochi d'altri tempi. Avevo compiuto il mio dovere. Lo avevo fatto arrestare. Era giunto il momento di dimenticarmi del passato e di godermi il futuro assieme alla mia compagna.

Tiffani

Anche se il party mi stava piacendo, la pensavo come Deek. Volevo andarmene e spogliare il mio compagno. Mi ero abituata a vederlo con indosso l'armatura, oppure nudo, ma non con questi vestiti eleganti, con quello che sembrava uno smoking Atlan. Aveva un aspetto... incredibile. Era da mangiare tutto.

Eppure ero stata io a promettere a Sarah che saremmo rimasti fino a quando non se ne fossero andati tutti. Quindi mi ero costretta a resistere al mio compagno fino all'ultimo momento. Se avessi anche solo menzionato la voglia che avevo di andarmene, o che volevo trovare una stanza tranquilla per farci una sveltina Atlan, Deek mi avrebbe presa in spalla e avrebbe gridato 'Buonanotte' a tutti quanti. E quindi mi godetti le sue attenzioni costanti, il suo tocco costante, mi godetti qualcosa che non avevo mai avuto prima d'ora – l'attenzione totale di uno schianto di uomo.

E siccome lui mi toccava di continuo, riuscii a sentire prima di chiunque altro che qualcosa era cambiato. La sua mano era diventata calda al tocco, come se fosse febbricitante. Era irrequieto. I suoi occhi, fino ad ora calmi e contenti, ora guizzavano da un uomo all'altro, cercavano il pericolo in ogni ombra. Mi si fece più vicino, aleggiandomi attorno in modo ridicolo.

Mi piaceva che fosse protettivo, ma questo era un po'

troppo. Era come se non potesse allontanarsi da me più di un paio di centimetri. Mi teneva per la vita, mi metteva un braccio attorno alle spalle, costringendo i nostri corpi a toccarsi in continuazione. Parlò sempre di meno con gli ospiti. Nel giro di pochi minuti le sue parole si fecero monosillabiche. Quasi dei grugniti.

Lo guardai e notai che aveva cominciato a sudare. Si tirava il collo della camicia. Aveva la pelle arrossata, gli occhi scuri, più scuri di quanto potessi immaginare. Tranne quando –

Oh cazzo.

"Deek," dissi afferrandogli la mano. "Che succede?"

La coppia in piedi di fronte a noi notò quel cambiamento e indietreggiò velocemente, bisbigliando qualcosa con occhi diffidenti.

"Febbre," ringhiò.

"Andiamocene via da qui," mormorai tirandolo per la mano per condurlo fuori dalla stanza. Per fortuna, si lasciava trascinare.

"Comandante."

Engel Steen si piazzò di fronte a noi bloccandoci la strada. Il suo sguardo passò da me a Deek, fissandosi sul mio compagno con un cipiglio.

"C'è qualche problema?" chiese.

Scossi il capo e gli rivolsi un falso sorriso. Provai ad aggirarlo tirandomi appresso un enorme comandante Atlan in preda alla febbre. "No, no, nessun problema. È che non vediamo l'ora di, ehm... restare da soli."

Engel mi mise una mano sulla spalla per fermarmi. "Dovete ancora incontrare l'altro consigliere, è appena arrivato. Rimarrà molto deluso se –"

La bestia di Deek ringhiò al tocco dell'uomo e io mi

ricordai che agli Atlan non piaceva neanche un po' che qualcuno toccasse le loro compagne. Indietreggiai e scostai la mano di Engel dalla mia spalla, ma era troppo tardi. Il ringhio di Deek si era trasformato in un ruggito vero e proprio che fece tremare le mura della casa di Dax e Sarah.

Tutti quanti si zittirono e si girarono verso di noi. Deek era cambiato davanti ai miei occhi. I suoi denti si erano fatti più pronunciati, ormai erano delle zanne. Il suo petto e le sue spalle si ingrossarono, le sue braccia raddoppiarono di volume e tutte le fibre del suo corpo si espansero entrando in modalità bestiale. Si fece trenta centimetri più alto, la sua schiena si allungò e torreggiava sopra a tutti gli invitati dentro la stanza.

"Deek. Calmati." Non potevo non fissarlo. Anche se l'avevo già visto così, non l'avevo mai visto mentre si trasformava. Era come guardare un vecchio episodio dell'Incredibile Hulk, ma almeno i suoi vestiti non si ridussero a brandelli. Sembrava che gli Atlan cucissero i vestiti con in mente la modalità bestiale.

"È ancora febbricitante," disse Engel con gli occhi spalancati, mentre protendeva le braccia e indietreggiava.

Deek respirava in modo affannoso, e solo la mia mano sul suo petto gli impediva di saltare addosso a Engel.

"No toccare," disse Deek. La sua voce era quel rimbombo oscuro e profondo che ricordavo di aver sentito prima della nostra unione.

"Allontanati, Engel. Non avresti dovuto toccarmi," gli dissi.

Engel fece un altro passo indietro. "Adesso me ne pento, ma non è quello il nostro problema, adesso."

Dax e Sarah erano in piedi di fianco agli invitati che si stavano raccogliendo al centro della sala. I guerrieri fecero scudo alle loro compagne con i loro stessi corpi, non si poteva mai sapere. Nel giro di pochi istanti ci ritrovammo completamente circondanti da una dozzina di guerrieri i cui sguardi feroci e tesi mi fecero capire che erano pronti ad abbattere Deek da un momento all'altro.

Oh, cazzo. Mi voltai verso Deek e gli misi una mano sulla guancia. "Deek, tesoro, calmati."

Non mi guardò nemmeno. Engel fece un passo in avanti. Sembrava volesse farsi ancora più vicino. Io trasalii, e Deek ringhiò.

Engel si bloccò e si girò verso Dax. "La febbre del Comandante Deek è tornata. Chiamate immediatamente le guardie."

Volevo dare un pugno in faccia a Engel per aver affermato l'ovvio riguardo alla condizione di Deek, e volevo dargli un calcio nelle palle per aver osato suggerire di ritrascinare il mio compagno in prigione.

Mi voltai velocemente verso Dax. "Non osare. Aiutami a portarlo fuori di qui. Io sono la sua compagna. Andrà tutto bene."

"No toccare," ripeté Deek, gli occhi fissi su Engel con l'intensità di un laser, le mani strette in un pugno. "Compagna."

"Compagna?" disse Engel. La sua voce era incredula e un po' troppo alta per i miei gusti. "Lei non può essere la tua compagna. Guardati."

Engel sollevò il braccio e indicò Deek. Tutti quanti si voltarono a guardarlo. Gli occhi di Deek fuoriuscivano dalla orbite, mentre elaborava l'affermazione di Engel. Il suo respiro era affannoso e cencioso, come se fosse appena tornato dalla battaglia.

"Non starlo a sentire, Deek. Io sono la tua compagna. Non mi importa di quello che dice."

Apparentemente, quando un altro signore della guerra lo sfidava, Deek ignorava completamente la donna di cui si discuteva: mi sollevò e mi mise dietro di lui togliendomi da in mezzo alla strada.

"Compagna!" urlò Deek.

"Non può essere la tua compagna, Comandante. Altrimenti non staresti perdendo il controllo." Il suo tono non era rumoroso o polemico, era accondiscendente, come se stesse spiegando quanto fa due più due a un bambino di cinque anni. Dio mi aiuti. Ero passata dal volerlo prendere a calci nelle palle a volergli infilare uno stivale su per il culo.

"Sto affermando l'ovvio, mia cara. Non sei la sua compagna. Non è possibile."

Non feci in tempo a urlare a Deek di fermarsi che già era balzato verso Engel. Scaraventò il vecchio a terra e gli saltò letteralmente sopra, sollevando il braccio per prenderlo a pugni. O peggio.

Urlai, ma le mie grida si mischiarono agli strilli sorpresi degli altri.

Dax avanzò e bloccò il braccio sollevato di Deek. Ma Deek era furioso, e ci vollero quattro guerrieri per bloccarlo.

"Deek!" urlò Dax usando tutta la sua forza da signore della guerra Atlan per portarlo via da Engel. "Controlla la bestia. Adesso!" Dax si girò verso di me. "Tiffani! Vieni qui e aiutaci!"

Corsi verso di loro e poggiai la mano sulla vita di Deek, avvolgendo il suo braccio per fargli sapere che gli ero vicino. Sembrò essere d'aiuto, ma sapevo che, se gli altri lo avessero lasciato andare, sarebbe balzato di nuovo verso il consigliere.

"Dèi, quest'uomo ha perso il controllo. La febbre l'ha reso pazzo!" Engel era disteso a terra, le braccia sollevate per difendersi. Aveva un taglietto sul sopracciglio, ma non avevo idea di come se lo fosse procurato, poiché Deek non l'aveva preso a pugni.

Tia si inginocchiò di fianco a suo padre, la faccia preoccupata, e guardò Deek con un misto di orrore e tristezza. "Non può essere vero." Mi guardò e io lo guadai di rimando, sfidandola a ripetere quelle scemenze riguardo al fatto che Deek non fosse mio. Lui era mio. Mio!

Dax si interpose tra Deek ed Engel, spingendo via Deek con tutta la forza che aveva.

Non mi importava di Engel. Mi importava solo di Deek. La bestia ribolliva di rabbia. Aveva la faccia zuppa di sudore. Dio, i suoi occhi erano selvaggi. Deek non c'era più. C'era solo la bestia.

"Deek," disse Dax. "Comandante."

Deek ringhiò provando a scacciare la bestia e a ritrovare la propria voce.

"Comandante," ripeté Dax. "Indietreggia."

"Mia," ringhiò Deek. "Compagna."

Alla bestia non piaceva l'idea che io non fossi la sua compagna. Mi faceva piacere sapere che la bestia fosse irremovibile, che mi considerasse sua, ma sapevo che questo piccolo interludio avrebbe portato un sacco di guai a Deek.

"Ha perso il controllo!" gridò Engel. "Lo avete visto. Avete visto cosa ha fatto!"

Si rivolse agli ospiti e tutti quanti annuirono, guardando Deek mentre continuava a lottare per riprendere il controllo. Tutti quanti conoscevano i sintomi della febbre. Diamine, io ero arrivata da una settimana e già sapevo riconoscerla.

Gli ospiti cominciarono a mormorare:
La febbre è tornata.
Quella non è la sua vera compagna.
Quella donna aliena non significa niente.
Deve essere messo in catene.
Che tristezza. Deve essere giustiziato.

10

Giustiziato?

Quella parola fu come un coltello nel mio cuore. Come osavano questi estranei mettere in dubbio la nostra connessione? Non sapevano nulla del nostro legame, di quello che significassimo l'uno per l'altra.

Ma non potevo negare che la febbre fosse tornata.

"Chiamate le guardie," disse Engel rimettendosi in piedi. Gli tremavano le gambe. "Tia, sbrigati, va' a chiamare le guardie. Deve essere rinchiuso. Rappresenta un pericolo per sé stesso e per tutti quelli in questa stanza." Lo sguardo di Engel si posò su di me, la sua voce si ammorbidì. "Inclusa te, mia cara. Mi dispiace."

Dax stava mormorando all'orecchio di Deek e io non riuscivo a sentire cosa gli stesse dicendo. Mi mossi per avvicinarmi al mio compagno, sperando che il mio tocco e il vedermi sana e salva potessero calmarlo. Non potevo scoparmelo di fronte a tutti quanti, ma a questo punto non sarebbe nemmeno importato. Avevamo scopato come conigli per giorni, e ora la febbre era tornata a rivendicarlo.

Toccai la pelle calda di Deek, lo sguardo severo di Engel attento su di me. Non credeva che Deek fosse il mio vero compagno. Glielo leggevo negli occhi. Portavo i bracciali, che avrebbero dovuto aiutare i maschi a controllare le loro bestie. Non avevo idea di come questi circuiti funzionassero, ma due giorni fa avevo testato il perimetro dei miei bracciali ed ero collassata a terra agonizzate, quando mi ero allontanata troppo. Aveva discusso con me, non voleva che soffrissi, ma ero stata irremovibile. Dovevo testarli.

E avrei tanto voluto avergli dato retta. Era come essere colpiti dal Taser.

E quindi ero rimasta al suo fianco, felice di farlo, e non perché faceva male quando mi allontanavo. Lasciavo che mi prendesse ogni volta che ne aveva voglia. Gli avevo dato tutto. *Tutto.* E non era bastato.

Sapevo che adesso non potevo aiutarlo. Non avevo nulla da offrirgli. Non importava quanto lo desiderassi, non ero la donna giusta per lui. Forse Engel aveva ragione. Al di là dei bracciali, non avevamo altre prove del legame tra di noi, qualunque cosa volesse dire. Mi era stato detto almeno una mezza dozzina di volte che una compagna Atlan era l'unica in grado di controllare la bestia del suo compagno. L'unica persona in tutto l'universo a cui un Atlan in modalità bestiale avrebbe dato ascolto.

E avevo fallito anche in quello.

Entrarono le guardie con i fucili spianati.

"Riponete quelle cazzo di armi," urlò Dax. "È pur sempre un comandante, non un criminale."

"Mi ha sbattuto a terra. L'hanno visto tutti. Mi dispiace, Dax. Lo so che siete amici, ma è pericoloso," ribatté Engel.

Engel pronunciò l'ultima parola guardando me, mentre Deek veniva ammanettato.

Le guardie lo condussero verso la porta.

"Compagna," ringhiò Deek.

"Lei deve andare con lui," insistette Dax.

Non volevo lasciare Deek, ma non mi aspettavo che Dax dicesse che dovevo andare nella cella con lui. Non potevo fare nulla per aiutarlo a controllare la sua bestia. Non avevo idea del perché mi avesse risposto la prima volta, sebbene non fosse così fuori controllo come adesso.

"Le farà del male!" disse Tia mettendosi al mio fianco. "Tu puoi restare con me," disse guardandomi con occhi tristi.

"Deve andare," ripeté Dax. "Indossano i bracciali."

I bracciali. Ecco perché dovevo andare. Non perché fossi la compagna di Deek, ma perché se fossimo stati troppo lontani il dolore sarebbe stato insopportabile.

"Andrò," dissi sollevando il mento e andando vicino alle guardie. Questo era uno dei momenti più mortificanti – e devastanti – di tutta la mia vita. Ora tutti sapevano che avevo fallito, che non ero abbastanza per un comandante. Che non ero io la sua compagna. Avevo fallito.

"Resterò con lui," mormorai con un groppo in gola. Non mi sarei messa a piangere.

"Nella cella?" chiese Tia.

"Ci sono già stata. Non ho paura." E la verità era che non potevo sopportare di lasciarlo da solo.

"Non ci resterà a lungo, temo." Engel si mosse con

cautela andando vicino a sua figlia. "In questi casi, l'ordine di esecuzione verrà eseguito al più presto."

Era come se mi avesse dato una coltellata nella pancia. "Quanto tempo abbiamo?" Non avevo paura della prigione. Avevo paura di quello che sarebbe potuto succedere a Deek. Era per colpa mia se si trovava di nuovo nei guai. Non avevo fatto le cose nel modo corretto. Il suo seme non aveva attecchito, o il legame, o quello che era. Non ero abbastanza per lui. Non ero riuscita a compiacere del tutto la sua bestia.

"Ore," rispose Dax. Gli occhi mi si riempirono di lacrime, ma non avevo tempo per un crollo psicologico. Stavano conducendo il mio compagno verso un grosso veicolo di qualche tipo per trasportarlo in prigione.

Deek sarebbe morto. Questa volta non sarei stata in grado di salvarlo.

Dax mi accompagnò al veicolo verso la prigione e una delle guardie mi aiutò a salire dietro. Non lo guardai negli occhi. Non guardai nessuno negli occhi. Non volevo scorgere la loro pietà, i loro giudizi. E se avessi visto anche solo un pizzico di empatia, sarei impazzita. Lacrime. Sarei scoppiata in un orribile pianto.

Amavo il mio compagno. Lo amavo. Era grosso e brutale. Mi aveva fatto sentire bellissima e degna e desiderata per la prima volta in vita mia, e io non volevo abbandonarlo. Amavo il modo in cui mi scopava contro il muro. Il modo in cui ficcava la testa in mezzo alle mie cosce e mi leccava e mi succhiava fino a farmi urlare il suo nome. Amavo il modo in cui mi guardava, in cui guardava il mio ventre e i miei seni, come se fossi un dolce delizioso. Amavo stare assieme a lui.

E ora, per colpa mia, stava per morire.

Stetti in silenzio per tutto il breve tragitto verso la prigione. Mi aiutarono a scendere, Deek era vicino a me. Era ancora ansimante, la pelle arrossata e gli occhi guizzanti, come se ogni ombra nascondesse un nemico.

Con un sospiro, seguii la piccola colonna di guerrieri che camminavano con noi lungo i corridoi color crema, ritornando in quella stessa cella in cui si trovava al mio arrivo. Blocco 4. Cella 11.

Entrai nella cella e mi diressi verso il letto. Mi arrampicai sul materasso e mi rannicchiai chiudendomi a riccio.

Se Deek fosse venuto qui, avrei fatto del mio meglio per provare a calmarlo. Ma anche se l'avessi scopato fino in fondo, gli avessi succhiato il cazzo e l'avessi fatto ringhiare e gli avessi fatto pronunciare il mio nome con una riverenza che non avevo mai sentito da nessun altro, non sarebbe importato.

Potevo scoparmelo per bene, ma non potevo controllare la sua bestia. Solo la sua vera compagna poteva riuscirci. Solo la sua vera compagna poteva salvarlo. E se quella donna fosse apparsa ora, se l'avesse preso, si fosse unita a lui, avesse calmato la sua bestia, il mio cuore si sarebbe infranto in un milione di pezzettini. Avrebbe dovuto essere mio. Per sempre.

Sentii accendere il campo di forza chiamato muro gravitazionale, ma lo ignorai. Ero rivolta con la schiena verso Deek che camminava e ringhiava. Non riuscivo a guardarlo. Faceva troppo male.

Lacrime silenziose mi colavano lungo le guance cadendo sul letto. Deek non mi parlava, ma dopo un po' salì sul letto e si distese al mio fianco tirandomi a sé. La mia schiena era premuta contro il suo petto accaldato, le sue braccia enormi mi avvolgevano. Ero mentalmente esausta, ma mi rifiutavo di dormire.

Se era vero che avevamo soltanto poche ore, non volevo sprecarle ignara del tempore delle sue braccia attorno a me.

La pesante catena d'oro attorno al mio collo sembrò improvvisamente una maledizione, un dileggio, una presa in giro. Quell'oro rappresentava l'eternità, il mio posto nella famiglia di Deek.

E ora non significava più nulla. Solo sogni infranti e rimorso.

———

Dovetti essermi addormentata, perché quando riaprii gli occhi sentii delle voci di donna. Lo trovai strano, poi mi ricordai di cosa mi aveva detto Sarah riguardo alle donne di Atlan che sfilavano fuori dalle celle per offrire ai maschi un'ultima occasione di essere salvati. La loro presenza mi fece infuriare: una di loro avrebbe potuto diventare la compagna di Deek.

Lui era mio.

Tranne che non lo era. O altrimenti non si sarebbe trovato qui.

Sollevai la mano e feci scorrere la sensibile punta delle mie dita lungo gli anelli dorati attorno al mio collo. Erano il simbolo della mia rivendicazione su Deek, il mio status di compagno. Erano una dichiarazione visibile: lui mi apparteneva, e io riuscivo a controllare la sua bestia.

Tranne che avevo fallito.

Forse una di queste donne era più bella, più desiderabile. Forse una di loro poteva salvarlo.

Sfortunatamente, c'era solo un modo per determinare se una di queste donne potesse consolare gli uomini condannati a morte. E ciò, ovviamente, includeva scopare per vedere se la bestia fosse compatibile.

Mi mossi sotto il pesante braccio che mi attraversava la vita e scesi dal letto il più chetamente possibile. Quando Deek si mosse, gli mormorai di ritornare a dormire. E lui, con mia enorme sorpresa, lo fece.

Non aveva mai dormito così profondamente. Ogni notte, dovevo solo muovermi sotto le coperte e lui subito si allertava. Mi aveva detto che era dovuto alle numerose missioni di combattimento, al troppo tempo speso al fronte, dove ogni secondo di ritardo poteva costarti la vita.

Ma ora, qui? Sollevò a malapena la testa, sbatté lentamente le palpebre, come se fossero pesanti.

Scossi la testa e mi avvicinai al muro gravitazionale. C'erano numerose donne Atlan che si muovevano lentamente lungo il corridoio, andavano di cella in cella sbirciando dentro tutte quante per adocchiare i prigionieri e decidere chi di loro fosse invitante.

Una donna si fermò di fronte a me. La ispezionai al di là del luccicante campo di forza e provai a non mostrare il dolore che provavo. Era alta, come tutte le donne Atlan, svettava su di me di trenta centimetri. I suoi capelli erano biondo chiaro, pieni di colpi di sole, e le arrivavano oltre la vita. I suoi seni erano più grandi dei miei, ma la sua vita era magra e ben definita, e tutti i muscoli delle braccia e delle gambe le avrebbero garantito un posto in ogni gara di bodybuilding sulla Terra.

E, come se non bastasse, era bellissima. Aveva gli occhi azzurro chiaro e le labbra rosa. Era la versione gigante di una modella da copertina.

Non potevo competere con lei. Nel modo più assoluto.

"Ciao. Io sono Seranda."

Anche la sua voce era morbida e ritmata, bellissima.

Annuii in risposta.

"Sono qui per aiutarti," disse guardando Deek.

Mi accelerò il battito, ma provai a tenere a freno il panico che cresceva. "Aiutarmi con cosa?"

"Ho sentito parlare di te, tutti i media parlano di te. E mi dispiace che le cose tra e Deek non funzionino. È un guerriero feroce e altamente rispettato." La sua voce era carica di stupore, mentre il suo sguardò mi scavalcò per viaggiare fino al letto dietro di me dove il mio compagno, il mio Deek, dormiva. Il suo sguardo era più che interessato, e io lottai contro il cipiglio che sapevo mi si sarebbe formato in mezzo alla fronte. Non avevo il diritto di accigliarmi. Non avevo nessun diritto su Deek. Non più.

Quando riposò lo sguardo su di me, gli occhi di quella donna erano carichi di pietà. "È bellissimo, Tiffani Wilson dalla Terra. Mi piacerebbe aiutarti a salvarlo."

La sua insinuazione mi fece inarcare le sopracciglia. "Tu...tu vuoi scopartelo e vedere se piaci alla sua bestia?"

"Se le piaccio?" Scrollò le sue spalle perfette. "La sua bestia deve riconoscermi come sua compagna."

Contrassi le labbra. "Sì, lo so bene. E se non funziona?"

"Almeno avrò fatto un tentativo, no? E tu non avrai perso niente. La sua esecuzione è stata annunciata qualche ora fa."

Ebbi un tuffo al cuore; l'agonia era come un piccone piantato nel mio cuore. "Quando?"

"Oggi. Lo giustizieranno tra otto ore."

Volevo cavarle gli occhi, ma non avrebbe fatto alcuna differenza. Non ero io la compagna di Deek. Non avevo nessuna influenza su di lui, nessuna voce in capitolo riguardo a chi lui avrebbe dovuto scegliere. Adesso non ero niente per lui.

Ma lo amavo. Un attimo era un amante amorevole e premuroso, e l'attimo dopo si trasformava in un animale esigente. Si prendeva sempre cura di me, mi faceva sentire come se fossi il suo sole e le sue stelle, che avrebbe fatto di tutto per me. Sarebbe morto per proteggermi. Mi faceva sentire desiderata. Bellissima. Completa. Mi faceva sentire completa.

"E se non funziona?"

"Allora morirà." Fece spallucce. "Ma, almeno, saprai che hai provato a salvarlo. Se dici di no, sarà la tua egoistica gelosia a dargli la morte."

Wow. Aveva tirato fuori gli artigli. Quella stronza stava insinuando che praticamente l'avrei ucciso con le mie stesse mani se non l'avessi lasciata entrare nella cella per scoparselo, per provare a calmare la sua bestia. Lo immaginai insieme a lei e mi venne quasi da vomitare sulle mie belle ciabatte. Deek era bravo a letto; no, era incredibile, ma era la nostra connessione a renderlo tale. Eravamo connessi, forse non come compagni, ma in un modo che non avevo mai sperimentato prima d'ora, con nessun uomo. Mai. Ed era per questo che avevo il cuore infranto. Lo amavo. Gli avevo dato ben altro oltre al mio cuore. Gli avevo dato il mio cuore. La mia anima.

E ora dovevo guardarlo morire.

O avrei potuto lasciargli provare le altre donne Atlan, se una di loro, inclusa Seranda, fosse stata per caso la sua vera compagna. Se io non ero la sua vera compagna, rimanere qui con lui in questa cella voleva dire garantirgli la morte.

Invece di aiutarlo, invece di confortarlo, lo stavo condannando.

Guardai i bracciali attorno ai miei polsi. Mi ero abituata al loro peso, mi ricordavano continuamente della nostra connessione.

Ora, però, erano come delle catene. Lo tenevano connesso a me anche se non ero quella giusta per lui. La mia presenza significava la sua morte.

Guardai Seranda. Ero proprio come lei. Sì, più pesante, meno bella, e di certo non una Atlan. Dax e Sarah mi avevano portato in questa cella con la speranza di essere la donna giusta per lui, che il mio corpo potesse confortare la sua bestia. Il Programma Spose mi aveva assicurato che il nostro abbinamento fosse corretto, ma era solo un programma sul computer, e certamente non era infallibile.

Io ero come Seranda, solo ero di meno. Ero un fallimento. I bracciali non mi appartenevano.

Deek non mi apparteneva.

Giocherellai con un bracciale provando a capire come si aprisse. Frustrata, lo tirai e lo scossi, e avevo gli occhi pieni di lacrime. Non avevo pianto prima d'ora, ma i bracciali erano tutto quello che restava della nostra connessione. E ora me ne dovevo liberare. Dovevo liberarmi di noi.

Alla fine, trovai la strana indentatura che apriva la serratura e il bracciale si aprì. Fu molto più facile aprire il secondo. Lo poggiai a terra, davanti ai miei piedi, e mi asciugai le lacrime.

"Chiama la guardia, Seranda. Fa' abbassare il muro gravitazionale. Prova a salvarlo."

Seranda annuì; la sua espressione era grave, non vittoriosa. Era veramente dispiaciuta per me. Sapevo che rispettava e ammirava Deek, che lo voleva veramente, che voleva salvarlo. E quello non faceva che farmi soffrire ancora di più.

Aspettai che disattivassero il muro gravitazionale e poi mi incamminai lungo il corridoio. Guardai alle mie spalle. Seranda si slacciò il vestito. Scorsi per un secondo il suo seno perfetto prima che entrasse nella cella di Deek. Me la vedevo, nuda e perfetta, mentre svegliava Deek dal suo sonno.

Mi voltai e corsi via, sapendo che questo non era più il mio posto.

11

eek

Ero esausto, così stanco che non mi sarei voluto svegliare per niente al mondo. Ma Tiffani era tra le mie braccia. No, era sopra di me, mi baciava il collo e mi sbottonava lentamente la camicia. Emisi un suono pieno di soddisfazione, ma la mia bestia cominciò ad aggirarsi dentro di me. Mi aveva spinto a svegliarmi. Perché? Perché la mia bestia non si calmava e si lasciava coccolare dalle attenzioni di Tiffani?

"Sei così grande..."

Quella voce mi fece bloccare. La mia bestia ululò rabbiosa.

L'odore dei turin, i fiori di stagione che apparivano all'inizio dei mesi caldi su Atlan, era stucchevole.

Aprii gli occhi e vidi i suoi capelli chiari. Qualcuno, e non Tiffani, era sopra di me e mi succhiava la pelle del collo.

Finalmente mi svegliai del tutto, e la mia bestia ringhiò

rimbombandomi nel petto. Afferrai quella donna per la vita – era nuda –, la sollevai scostandola da me e la misi in piedi di fianco al letto.

Balzai in piedi e attraversai la cella per allontanarmi da lei il più possibile. Mi grattai la testa e vidi che era completamente nuda. Non nascondeva il suo corpo. Spalle indietro e mento sollevato, voleva mostrarmi tutte le sue... grazie.

"Comandante, sono qui per servirla," disse, e non c'era dubbio su come volesse *servirmi*.

"Dove diavolo è Tiffani?"

La cella non era grande. Di certo non era nascosta sotto al letto.

"È andata via." Fece scorrere le mani lungo i suoi fianchi in modo seduttivo, poi le fece risalire per massaggiarsi i seni. Guardai i suoi capezzoli che si indurivano. Ogni maschio di Atlan l'avrebbe trovata eccitante, ma io ero disgustato dal suo mostrarsi così sfacciatamente. Non era lei che volevo. Io volevo i capelli castani e gli occhi verdi. Volevo un corpo morbido e rotondo, una donna dentro cui poter affondare, da dominare, non con cui lottare a letto.

"Andata via?" Ritornai a letto, strappai le lenzuola e gliele tirai. "Copriti, donna."

"Il mio nome è Seranda, e sono qui per calmare la tua bestia," ripeté.

Afferrò le lenzuola e le tenne dinanzi a sé. La maggior parte del suo corpo era nascosto, ma continuava ad offrire degli scorci tentatori delle curve dei suoi fianchi e delle spalle nude.

Le sue parole mi diedero un po' di pausa. La mia bestia si aggirava e ringhiava a causa della donna senza compagno che si trovava nella mia cella. Nuda. Su di me, che mi leccava il collo. Non era infastidita a causa della febbre. L'afflizione era sparita.

Per il momento.

"La mia bestia ha bisogno di Tiffani."

"La tua bestia ha bisogno di una compagna, o morirai." Mosse la testa, il fastidio le fece contrarre le labbra. "Tra meno di otto ore."

Era bellissima, il suo corpo rigoglioso e perfetto... per qualcun altro. Era anche una stronza.

"Tiffani è la mia compagna," ringhiai digrignando i denti.

Seranda scosse lentamente la testa e indicò i bracciali in terra. "No, non lo è. Chi pensi che mi abbia fatto entrare? Ti ha lasciato, Comandante."

Sollevai i bracciali, stupefatto.

I bracciali erano freddi al tocco. Vuoti. "Cazzo."

Girai i tacchi e guardai negli occhi quella donna Atlan. Avevo già dimenticato il suo nome. Se fosse uscita dalla cella, avrei dimenticato la sua faccia, il suo corpo. La mia bestia voleva Tiffani, e nessun'altra. Era lei la mia compagna. Lo sapevo. La mia bestia lo sapeva.

Ma io ero ancora in preda alla febbre. Non aveva senso. Per la mia bestia, era semplice. Voleva Tiffani.

"Vattene," ringhiai.

"Sono qui per calmarti."

"Non voglio essere calmato. Voglio Tiffani."

"Potrei essere io la tua compagna," ribatté.

La mia bestia digrignò i denti all'idea.

"No."

"Morirai," disse di nuovo. "Dovresti almeno provare, Comandante. Toccami. Lasciati toccare. Dammi un'occasione di salvarti."

Fece un passo in avanti, ma sollevai subito una mano. "No."

"Si è tolta i bracciali per salvarti."

La guardai per capire se stesse mentendo. "Cosa?"

"Non vuole che tu muoia. Per essere un'aliena, è... carina. Si è tolta i bracciali così che tu potessi scoparmi. Per vedere se la tua bestia potesse essere calmata, se avessi potuto guarirti dalla febbre."

"*Voleva* che tu mi scopassi?"

Per la prima volta, la donna Atlan sembrò sicura di sé. "No, penso che lei volesse cavarmi gli occhi. Ma sapeva di non essere la tua compagna, che non poteva salvarti, che non poteva controllare la tua bestia. Stava piangendo, Comandate. Ma è stata molto coraggiosa. Ti ha lasciato per salvarti la vita. Non lasciare che il suo sacrificio sia vano."

Non ero sicuro se volevo far mettere Tiffani sulle mie ginocchia e sculacciarla fino a farle diventare il culo rosso e dolorante per una settimana, o se volevo abbracciarla e baciarla senza sosta per essere stata così altruista, così coraggiosa, così dannatamente testarda.

In ogni modo, non importava. Se ne era andata e io ero qui, bloccato con una femmina Atlan che voleva scopare con la mia bestia. Il mio cazzo era flaccido. Né la bestia né tantomeno l'uomo erano interessati.

Cazzo. Stavo per morire.

Tiffani

Sarah e Dax furono abbastanza gentili da lasciarmi entrare

a casa loro. Non avevo nessun posto dove andare. La casa di Deek non era più la mia. Mi avevano detto che ero diventata piuttosto famosa per essere entrata coraggiosamente nella cella di Deek e averlo salvato, e ora ero tristemente famosa per il mio miserabile fallimento.

Non avevo idea di come accendere la versione Atlan della televisione, né volevo farlo. Qualunque cosa stessero dicendo di me, non volevo ascoltarla.

Non avevo amici, niente prospettive future. Chissà cosa mi sarebbe successo. Secondo le regole del Programma Spose, se un abbinamento non funzionava, qualunque fosse il motivo, potevo provarne un altro. Non potevo lasciare Atlan e tornare sulla Terra, ma potevo accettare il prossimo compagno che avesse rappresentato un abbinamento accettabile. Ma l'abbinamento non sarebbe stato altrettanto forte, non sarebbe stata la stessa cosa. Non sarebbe stato Deek.

Ma sembrava che non avessi altra scelta. Deek si sarebbe scopato tutte le donne di Atlan alla ricerca di una compagna per salvarsi la vita, e io sarei stata abbinata a qualcun altro. Potevo o vivere qua intorno e vederlo assieme a un'altra donna o, cosa peggiore, vivere sapendo che Deek era stata giustiziato.

Odiavo pensare a lui che toccava qualcun'altra, che amava qualcun'altra. Ma lo amavo troppo per lasciarlo morire. In ogni caso, avevo perso. Piansi fino a quando non mi addormentai. Me ne ero andata via. Ero stata abbastanza forte da farlo. Quale ragazza avrebbe potuto farlo?

All'inizio non riuscivo a calmarmi, piangevo troppo. Avevo il naso chiuso e riuscivo a respirare a malapena, e non riuscivo a rilassarmi sapendo che Deek si stava scopando Seranda in mille modi diversi. Ma poi divenni irrequieta per un altro motivo. Non riuscivo a tenere le gambe ferme, a trovare una posizione comoda. Mi sentivo come se avessi bevuto otto tazze di un fortissimo caffè. E, anche se il mio cervello era esausto per il troppo pensare, il mio corpo era carico come non mai.

Mi alzai dal letto e cominciai a passeggiare. Mi prudeva la pelle, me la massaggiai, come se l'aria fredda della stanza degli ospiti fosse irritante. La luce divenne troppo forte così la abbassai. Mi si seccò la bocca, avevo sete. Così tanta sete. Corsi in cucina e mi ricordai di come Sarah avesse fatto per recuperare un bicchiere e riempirlo d'acqua.

La tracannai tutta d'un fiato e riempii il bicchiere un'altra volta.

Mi immaginai Deek avvinghiato all'altra donna, che la bloccava contro il muro mentre la sua bestia la martellava senza pietà. Mi immaginai l'intenso sguardo di piacere che gli avevo visto spesso in faccia, gli occhi che si scurivano. Il suo ruggito.

Dio, quel suono. La figa mi si contrasse e si bagnò, e ciò non fece altro che farmi arrabbiare. Ricominciai a piangere e bevvi un terzo bicchiere d'acqua. I seni mi pizzicavano, e immaginai la bocca di Deek su di loro che li succhiava, se li ficcava in bocca, strizzandoli fino a farmi gemere e implorare per farmi prendere.

Seranda. Adesso la bocca di Deek era sui suoi seni, sulla sua pelle, sulla sua calda...

No. Non potevo andare là. Avevo bisogno di una distrazione. Di qualcosa da fare.

Mi guardai attorno febbrilmente, il cuore mi batteva all'impazzata, fino a quando non adocchiai la salvezza. Una macchiolina di sporco sul pavimento bianco. Non poteva restare là. Aveva un aspetto sbagliato e faceva sembrare sporco tutto il pavimento; pullulava di germi.

Frenetica, trovai uno straccio e vi versai sopra un po' di acqua. Mi misi in ginocchio sul pavimento e cominciai a strofinare il pavimento di Sarah, prima rimuovendo quella macchia di sporco, e poi continuando a muovermi su tutto il pavimento duro. Le ginocchia mi facevano un male cane, ma non mi importava. Tutto era meglio che pensare al cazzo di Deek dentro di me...

"Tiffani!" disse Sarah.

La guardai con occhi selvaggi. "Che c'è?"

"Che cosa stai facendo?"

Sbucò Dax e mise le mani sulle spalle di Sarah. Mi guardò accigliato.

"Cosa? C'era una macchia di sporco sul pavimento, dovevo pulirla. Devo pulire tutto il pavimento. Ci sono i germi. Gli insetti. Dappertutto." Mi riconcentrai sul mio compito. Il sudore mi imperlava la fronte e gocciolava sulle piastrelle di marmo. Sussultai, lo pulii immediatamente, ma una seconda goccia seguì alla prima. E poi una terza. Continuai a pulire, a pulire, a pulire, e ormai non sapevo più se stessi pulendo il sudore o le lacrime.

Seranda aveva il suo cazzo adesso. Aveva tutto.

Sarah spalancò gli occhi. "Va tutto bene?"

Scossi la testa. "Adesso sta scopando con Seranda. Proprio in questo istante. Riesco a sentirlo."

Dax emise un soffice borbottio di disapprovazione che non mi aiutò nemmeno un po'. "Non avresti dovuto lasciarlo."

"Lo uccideranno! Lo uccideranno! Lo uccideranno!" Dio, c'erano ottocento gradi qui dentro o ero io? I miei vestiti mi davano fastidio, me li tolsi di dosso e li gettai sul pavimento. La pelle delle mie braccia e delle mie mani era di un rosa acceso.

Ah! Lo sapevo. Troppo caldo.

Sarah si avvicinò di soppiatto e io ricominciai a strofinare. "Quanto vino hai bevuto?" chiese.

"Vino? Niente vino. Avevo sete. Ho bevuto l'acqua. Ho bisogno di altra acqua." Mi alzai e riempii il bicchiere per una quarta volta. Lo svuotai tutto d'un fiato e mi versai un po' d'acqua sul petto e sul collo. Troppo caldo, cazzo. "Fa caldo qui. Voi alieni non ce l'avete l'aria condizionata?"

Sarah guardò Dax e poi guardò me. "La temperatura non ha nessun problema, Tiff. Perché non ti alzi? Ti riporto nella tua stanza."

"No. Devo pulire il pavimento."

"Tu odi pulire," mi suggerì. Era vero. Anche al ristorante odiavo farlo. Deek aveva dei servi che si occupavano delle pulizie, e così anche Dax. Ma qui ero io a essere sul pavimento, e a strofinare. Perché?

Mi alzai lentamente, guardai lo straccio che avevo in mano e vidi che mi tremavano le mani. Ma quali tazze di caffè. Questo era l'effetto di mezza cassa di Red Bull. Il cuore mi batteva così forte che cominciò a farmi male.

"Credo di avere un problema."

12

Sarah si avvicinò, mi prese lo straccio dalle mani, lo gettò sul tavolo. Mi guardò da vicino, mi afferrò il mento.

"Hai preso qualcosa?"

"Qualcosa?" chiesi strofinandomi le mani sulle braccia nude. Mi prudevano. Erano tese. Il mio cuore batteva troppo forte. Troppo veloce. Avevo bisogno di acqua ghiacciata. Altra acqua. Ce l'avevano il gelato su questo stupido pianeta? Barrette di cioccolato? Qualsiasi cosa. "Fa caldo qui?"

"Tiffani, che cosa hai preso?"

"Preso? Che intendi? Un'aspirina?"

Sarah annuì.

"Niente."

Sarah guardò Dax di sottecchi.

"Sei sicura?" chiese Dax.

"Sì. Ero a letto e piangevo, e poi ho cominciato a sentirmi strana. Dio, ho qualche problema. Non riesco a calmarmi e la mia pelle mi fa schifo, è come se avessi delle formiche che mi si arrampicano su tutto il corpo."

Tremai, tirai le cuciture del vestito, le strattonai. Formiche? Forse. Ce li avevano i ragnetti su questo pianeta? Forse erano ragni. Tremai, mi massaggiai la pelle come se qualcosa si stesse per davvero arrampicando su di me. Ma non vidi nulla. Ero così confusa. "Ce li avete i ragni? E perché sto strofinando il pavimento?"

Guardai le mattonelle bianche. Avevo visto delle piccole macchioline di sporco e aveva dato di matto. Avevo affrontato montagne di padelle unte di grasso e avevo pulito le friggitrici del ristorante. Questo non era niente. Niente. Una macchia di sporco.

Si stava muovendo? Era un ragno?

Indietreggiai e cercai qualcosa con cui schiacciarlo da lontano. Ce li avevano i ferri da stiro qua? Una scopa? Una scopa sarebbe andata bene.

Il bicchiere vuoto attirò la mia attenzione.

Dio, avevo ancora sete. "Ho sete, Sarah. Mi dispiace. Posso avere un altro bicchiere d'acqua?"

"Quanti ne hai già bevuti?"

Dovetti pensarci per un attimo. "Non lo so. Tre. No, quattro. Penso che ci fosse del sedativo dentro."

Sarah non alzò gli occhi al cielo. "Beh, il sedativo ti avrebbe fatto dormire, non ti avrebbe eccitata."

"Giusto." Cazzo. Lo sapevo. L'avevo già visto in passato. Che problema avevo?

"Che cos'è un sedativo?"

"Una droga per farti dormire. Praticamente svieni, e ce ne sono certi così potenti che quando ti svegli non ti ricordi di niente. Lo usano sulla Terra. Quantomeno dove vivevamo io e Tiffani. Alcuni lo usano per stuprare le donne."

"Dèi," ringhiò Dax. "Qualcuno ti ha toccata, Tiffani."

Scossi la testa. "Solo Deek, ma è successo prima che tornasse la febbre. Dopo, si è rifiutato di toccarmi. Sebbene avessimo condiviso lo stesso letto nella cella. Mi ha abbracciato e mi sono addormentata. Ma questo è tutto."

"Quando eravamo alla festa, hai mangiato o bevuto della roba che ti ha dato qualcuno che non conoscevi?" chiese Sarah.

"Solo Deek."

Dax si avvicinò all'unità sul muro, tirò fuori un oggetto nero dalla forma stramba, che in cima aveva attaccata una strana spirale, e poi tornò da me. Premette un pulsante e la spirale si accese di una luce blu.

Mi accigliai e ritrassi la testa per allontanarmi.

"Va tutto bene," disse Sarah. "È una bacchetta ReGen, ricordi? Ti ha fatto passare il mal di testa. Guarisce le ferite e tutto il resto."

Giusto. Il mal di testa causato dalla UNP, quando ero arrivata. Sembrava fossero passati cento anni.

Me ne stavo lì, con uno sguardo buffo in volto, mentre Dax agitava la bacchetta di fronte alla mia testa, poi abbassandola, scansionandomi tutto il corpo fino ai piedi per poi tornare su.

"Beh?" chiese quando ebbe finito. "Ti senti bene?"

Scossi la testa. "No. Niente di diverso."

"Come ti *senti*?" chiese Sarah.

"Il cuore mi batte a mille e sento caldo. Ogni macchia sul pavimento mi fa impazzire. Ho sete. Mi prude la pelle. Guarda, è rosa." Tesi il braccio in avanti per farmi ispezionare da Sarah, ma Dax continuò a guardarmi. "E mi sento..." Cazzo, non riuscivo a dirlo.

"Arrapata come non mai?" Sarah finì la frase al posto mio.

Arrossii, ma Sarah non si mise a ridere. "Sì. Non riesco a smettere di pensare a Deek, a quello... che facevamo insieme."

Dax mi studiò. "Se non è qualcosa che hai mangiato, allora con chi sei entrata in contatto?"

Ripensai alla festa, cominciai a passeggiare per la cucina per lasciare che un po' di quell'energia irrequieta se ne andasse.

"Ho incontrato tutti alla festa, ma nessuno mi ha toccata. Voi siete tutti troppo macho, o quello che è. È da pazzi. Voi siete pazzi, lo sai, sì?" Dio, Deek era così possessivo, così ringhioso quando un altro uomo osava anche solo guardarmi, e lo amavo da pazzi! Amavo quella sensazione, la sensazione di essere amata. Desiderata. Voluta.

E ora, lui voleva Seranda.

Dax ringhiò. "Sì, nessuno tocca la compagna di un altro uomo."

Feci mente locale. "Engel sì. Lui mi ha toccata. Ha fatto impazzire Deek. È uno stronzo. Non mi piace."

Vomitai quelle parole e subito mi sentii mortificata. Era il cugino di Deek. Era la sua famiglia. Non avrei dovuto mancare di rispetto alla famiglia di Deek.

"Mi dispiace. Non avrei dovuto dirlo." Guardai Sarah implorandola. "Ti prego, non dire a Deek che ho detto queste cose." Non che sarebbe importato, perché oramai non era più mio.

Gemetti di dolore e mi voltai.

"Tiffani, va tutto bene. Non glielo diremo," sussurrò Sarah.

Avevo bisogno di crederle. Mi girai e la guardai, mentre annuiva verso di me in modo solenne. Bene. Non glielo avrebbe detto. Provai un immenso sollievo istantaneo e mi sentii come un bambino di tre anni che aveva appena ricevuto un lecca-lecca.

Dax inclinò la testa guardandomi. "Che intendi dire che Engel ti ha toccata?"

Era difficile pensare, ma non ricordare la sensazione sinistra della mano di Engel. "Ho steso la mano per stringerla a Engel Steen, il cugino di Deek, o suo zio, o quello che è. Non l'ha presa, ma ho stretto la mano di Tia. Penso che lei sapesse che era una cosa da terrestri."

"Tia?" chiese Sarah. "Perché avrebbe dovuto farti una cosa del genere?"

"Non l'avrebbe fatto," disse Dax. "Ma stavamo parlando di Engel Steen, Tiffani. Prova a ricordare. Ti ha toccata?"

Scossi la testa e continuai a camminare. "Engel mi ha toccata un'unica volta, alla fine. Non mi è piaciuto, ma Deek era già impazzito a causa della febbre. Ricordo che è stato proprio il tocco di Engel a farlo uscire di senno."

Mi fermai e strinsi i pugni, furiosa.

"Sei sicura che non ci sia nient'altro?" chiese Sarah. "Chiudi gli occhi e pensa."

Feci come chiese, ritornando con la mente alla festa. "I primi invitati arrivano e Deek mi ricorda che gli Atlan non stringono le mani, ma si inchinano per salutarsi, e quindi all'inizio stavo pensando a quello. C'era quello spilungone ridicolo, ve lo ricordate?" chiesi tenendo gli occhi chiusi.

Sarah rise. "Sì, poteva giocare a basket, eh?"

"Dopo che se n'è andato, sono arrivati Engel e Tia. E lì le

ho stretto la mano. Engel mi ha dato la collana della famiglia di Deek."

Spalancai gli occhi e toccai gli anelli ancora attorno al mio collo.

"Oh, Dio," dissi tirando la serratura e provando a togliermi la collana. "È la collana. Ma certo, è questa cazzo di collana."

"Che vuoi dire?" disse Sarah avvicinandosi per aiutarmi.

"Non toccarla!" gridò Dax afferrando Sarah. Fece un respiro e Sarah balzò. "Scusa se ho urlato, ma se è la collana che la fa agire in questo modo, non voglio che tu la tocchi."

Si sporse in avanti e baciò Sarah sulla fronte, mentre io continuavo a giocherellare con la serratura. Poi me la tolsi. La tenni sospesa in aria, come se fosse un serpente morto.

Dax afferrò una piccola scatola di legno e io feci cadere la collana al suo interno. Dax la poggiò sul tavolo e afferrò la bacchetta ReGen. "Cambio le impostazioni. Se hai del veleno dentro di te, questo analizzerà gli elementi chimici e programmerà le cellule per cominciare a produrre un antidoto." La spirale blu si colorò di uno strano arancione e Dax me la agitò di fronte un'altra vola.

Nel giro di un minuto, cominciai a sentirmi meglio. La mia pelle smise di essere così sensibile, il mio respiro rallentò e io non mi sentivo più eccitata. Non mi sentivo più come se volessi correre una maratona o pulire tutta la loro casa.

Feci un respiro profondo, poi un altro. "Cazzo. Ora sì che va meglio."

Dax guardò la bacchetta ReGen e ringhiò. "Lo sapevo."

"Cosa?" chiedemmo Sarah ed io all'unisono.

"È Rush."

"Che cosa?" Guardai la scatola e quella collana che molto probabilmente era ricoperta da quella roba.

"È stata bandita anni fa. Altamente illegale. Accelera il metabolismo e rende impossibile controllare la bestia. La usavano nelle orge, almeno fino a quando gli uomini non persero il controllo e cominciarono a uccidersi a vicenda. È stata bandita per moltissimo tempo, ma si può ancora trovare sugli altri pianeti."

"Come sulla Terra?" chiesi.

"No. Non sulla Terra. Su di voi non ha lo stesso effetto che ha sugli Atlan."

"Ecco perché non mi sono infuriata come Deek, perché invece mi sono comportata da nevrotica quando lui si è arrabbiato."

"Esatto. Non sappiamo con certezza perché voi reagite in modo differente. Gli scienziati sanno che alcuni alieni – mi dispiace, ma voi siete degli alieni agli occhi degli scienziati di Atlan – rispondono in modi differenti."

"Forse ciò è un bene, che anche io sono stata drogata. Altrimenti..."

Non finii la frase. Non volevo nemmeno pensarci.

"Starai bene. La bacchetta ReGen te l'ha tolta dal sistema. Ma per Deek, per un Atlan, questa droga spingerà alla ribalta la sua bestia, e lo farà sentire sotto l'effetto della febbre." Dax prese la scatola e tutti quanti guardammo la collana contaminata. "A voi, che siete di un'altra razza, fa accelerare il battito cardiaco. Vi fa sentire caldo e sete e..."

"Arrapata," disse. "Ti fa sentire arrapata."

"Oh, cazzo." Sarah si mise le mani sui fianchi. "E quindi hanno usato questa droga su Deek."

Annuii. "Deve essere così! Deek ha toccato la collana,

quando me l'ha messa al collo. E subito dopo è impazzito."

Guardai Dax. "E quindi –"

"Deek non ha la febbre. È stato drogato."

"Ed è mio." La furia mi montò dentro ripensando a quello che era quasi successo. "Engel l'ha drogato. Ma perché? Pensavo fossero parenti."

Dax si accigliò profondamente. "Credo che Engel si trovasse a bordo della Corazzata Breek quando Deek è stato assalito dalla febbre la prima volta."

Le implicazioni erano ovvie, ma io ero così pronta a saltare al collo di qualcuno che non riuscivo a calmarmi. "Ha provato a drogare Deek fin dall'inizio, voleva farlo giustiziare."

Sarah incrociò le braccia. "O farlo accoppiare con sua figlia."

Feci un respiro profondo e provai a pensare. Pensa! "Perché Engel dovrebbe fare una cosa del genere? Sono cugini, no? Che cosa ci guadagna? Anche se Deek prendesse Tia come compagna... non capisco. Non è che sarebbe cambiato qualcosa."

Dax posò la scatola e io camminai per la cucina, la sua rabbia gli scuriva gli occhi. Riconobbi i segni della bestia che sorgeva in risposta alla sua furia, e mi spostai velocemente per permettere a Sarah di correre al suo fianco per calmarlo.

"Sistemiamo tutto, chiamiamo le guardie, andiamo a casa di Engel e lo interroghiamo, d'accordo? C'è tempo."

Feci un rapido calcolo. "Cinque ore e mezza."

Le spalle di Dax erano leggermente più grandi di quanto non fossero un momento fa, ma lasciò che Sarah gli accarezzasse la schiena e lo aiutasse a mantenere il controllo. "Il Consigliere Engel è un uomo molto potente.

Quando Deek lo ha denunciato per traffico di armi con un pianeta non membro, lo hanno lasciato andare dopo solo poche ore."

"Cosa?" Sarah sussultò, e io con lei. "Che armi? A che diavolo ti riferisci?"

Dax poggiò le mani sull'isola al centro della stanza e guardò la collana, mentre continuava a parlare. "Deek me lo ha detto l'altro giorno, mentre voi due stavate organizzando la festa."

"Ti ha detto cosa?" chiesi avvicinandomi.

"Engel era a bordo della Breek, supervisionava una spedizione speciale di cibo e medicine per un pianeta chiamato Xerima. Sono gente primitiva, raccoglitori, barbari che combattono ancora come gli antichi signori della guerra, si azzuffano per le donne e i territori. Sono intelligenti, dei guerrieri feroci, e sono bravissimi a rubare le tecnologie delle altre razze."

"E quindi? Deek che c'entra?" Oh, adesso avevo davvero una voglia matta di strangolare Engel.

"Deek lo aveva sorpreso mentre nascondeva dei cannoni laser e dei cannoni sonar tra le scorte di medicine. La Coalizione protegge Xerima, ma il pianeta non è un membro a tutti gli effetti. Dare loro delle armi, della tecnologia di trasporto o delle navi è espressamente vietato dalla Coalizione Interstellare."

Sarah espirò con lungo, lento sibilo. "Quindi Deek l'ha sorpreso e l'ha consegnato."

"Sì. Ma Engel è stato liberato nel giro di poche ore e non c'è stata nessuna indagine." Dax era disgustato. "Ha parecchi amici altolocati."

Dio, queste stronzate politiche erano dappertutto? E io che pensavo che i politici della Terra fossero pessimi.

"Quindi? E quindi? Ha drogato il mio compagno e voleva farlo morire. Deve pagare."

Dax annuì. "Sono d'accordo. Ma abbiamo bisogno di trovare delle prove. Dobbiamo coinvolgere le guardie prima di provare a distruggerlo."

Sarah ed io ci guardammo. Alzò le spalle. "Va bene. Chiamale. Abbiamo la collana."

Dax scosse la testa. "Lo so. Ma Deek aveva dei bauli pieni di armi, e non sono bastati. Engel deve confessare, e dobbiamo ingannarlo per farglielo fare."

Mi guardò, lo vidi preoccupato. "Devi trovare il modo di farglielo ammettere, Tiffani. Se riusciamo a registrarlo mentre ammette quello che ha fatto, lo consegneremo ai notiziari per farlo trasmettere su tutto il pianeta. Non potrà fare nulla, non potrà infangarlo come fa con tutto il resto."

Cazzo. Le confessioni non erano il mio forte. Ero una cameriera, non uno sbirro. Eppure, dovevo fare di tutto per provare a salvare Deek. "Voglio riportare Deek a casa e vedere Engel morto."

"Così sia," aggiunse Sarah.

Guardai Dax e mi impettii. "Dimmi quello che devo fare."

Seranda e le sue tettone potevano andarsi a scopare qualche altro guerriero Atlan. Deek era mio, e io lo avrei tirato fuori da quella cazzo di prigione. E subito dopo avrei aiutato Dax a uccidere lo stronzo che ce l'aveva messo. Beh, forse non l'avrei ucciso, ma gli avrei dato un calcio nelle palle così forte che non sarebbe stato in grado di pisciare per un mese. E poi lo avrei lasciato a Dax. A giudicare dalla furia che scintillava attorno al corpo di Dax, di certo non dovevo preoccuparmi che il mio compagno avrebbe ottenuto giustizia.

E io ero davvero, davvero contenta che Deek avesse questi amici così leali. "Grazie, ragazzi. Non me lo dimenticherò. Mai.

Sarah mi afferrò la mano. "Noi ragazze della Terra dobbiamo darci manforte."

Annuii, e il sollievo e la speranza mi riempirono gli occhi di lacrime.

Sarah mi strinse la mano. "Andiamo a incastrare quello stronzo e a liberare il tuo uomo."

Dax ci condusse a un tavolo e ci fece sedere. Eravamo come dei generali che pianificano la prossima battaglia. "Ok, ecco il piano..."

13

iffani

Feci un respiro profondo per calmarmi. Tutti quanti dicono che di solito si sentono le farfalle, ma io sentivo che mi stava venendo un attacco di cuore. Avevo le mani sudate, il cuore mi batteva freneticamente ed era quasi impossibile restare calma. Ma il piano richiedeva che io restassi estremamente serena, così, quando lo schermo si connesse con Tia, mi incollai sulla faccia un sorriso brillante.

"Tiffani!" disse Tia seduta di fronte allo schermo. "Va tutto bene?" Mi guardò attentamente.

"Mi ci sono voluti parecchi minuti per riuscire ad accendere questa stupida macchina e chiamarti, ma sì, va tutto bene. Alla grande, in realtà."

Si accigliò.

"Sembri molto... eccitata."

"Sì," risposi, per una volta emozionata che fossi ansiosa. Da fuori sembrava che fossi eccitata. Ero eccitata che avevamo trovato il motivo dietro la furia di Deek e che Dax aveva mandato degli uomini alla prigione per fermare l'esecuzione, ce ne fosse stato bisogno.

Far confessare Engel era tutto quello di cui avevamo bisogno per salvarlo, ed era mio compito riuscirci.

"Sono veramente eccitata. Non crederai a quello che sto per dirti."

"Ah, sì?" chiese. "Si tratta di Deek?"

Annuii e una lacrima mi colò lungo la guancia. Non era finta. Ero sopraffatta dal sapere che lui fosse veramente il mio compagno.

"Vado a chiamare mio padre. Vorrà sentire anche lui. Aspetta un secondo."

La guardai alzarsi dalla sedia. Non indossava più il vestito che aveva alla festa, ma il solito vestito indossato dalle donne Atlan: il suo era di colore rosa pallido.

"Padre!" chiamò, come se stesse urlando per raggiungere le stanze più lontane della sua casa.

Deek mi aveva detto che vivevano in una villa. Era un consigliere, ed era ricco. Me lo confermavano i muri della stanza vuota, i mobili pacchiani, i dipinti sulle pareti.

Tia ritornò e si sistemò sulla sua sedia. Engel era in piedi di fianco a lei, le mani sulla spalla di sua figlia.

"Va bene, mi ha fatto penare abbastanza," disse Tia, gli occhi grandi ed ansiosi. "Di cosa si tratta?"

"Di Deek. Non ha la febbre. È stato drogato."

Tia si acciglió. Vidi le nocche di Engel che le stringevano la spalla.

"Drogato?"

Annuii. "Sì, te lo immagini? Una delle guardie nella

prigione ha riconosciuto i sintomi e gli ha fatto un test. Penso che sia qualcosa chiamato Rush." Feci un gesto con la mano. "Dio, io sono solo una cameriera della Terra, di queste cose non ne so niente, ma immagino che abbia toccato qualcosa infettato con quella droga."

"Ma stai scherzando?" chiese Tia, chiaramente attonita.

"Lo so! Non ci credo nemmeno io!" Feci un sorriso smagliante e guardai Engel. Non sbatté nemmeno le palpebre.

"È.... Incredibile," disse Engel. "Ma ha già avuto più volte la febbre. Come è possibile?"

Scossi la testa facendo la finta tonta. "Non ne ho idea. Come ho detto, non ho mai sentito parlare del Rush prima d'ora. Sapevo che aveva avuto la febbre, e che Dax per questo lo aveva iscritto al Programma Spose. Tia, ti ricordi di come Deek aveva salvato Dax."

Annuì con vigore. "Oh, sì, tutti conoscono questa storia. Sono fatti l'uno per l'altro."

"E Dax voleva vedere se poteva salvare il suo amico allo stesso modo. Ecco come sono finita qui."

Tia mi ascoltava avidamente, Engel rimaneva stoico, ma non avevo dubbio che stesse assorbendo tutto e ponderando.

"Da quanto ha detto Dax, penso che ormai sia passato troppo tempo perché possano rintracciare la provenienza della droga, specie investigando tra quelli che si trovavano sulla Brekk. Ma immagino che ora le guardie siano da Dax, e che stiano passando in rassegna la casa da cima a fondo."

Mi passai la mano sulla faccia, facendo finta di scacciare la stanchezza, poi mi portai la mano al collo e la poggiai sulla collana. Gli occhi di Engel vi caddero sopra.

"Sono abbastanza sicuri che riusciranno a trovare la

fonte della contaminazione e potranno rintracciare il colpevole." Tremai. "Dio, puoi immaginare... chi vorrebbe fare una cosa del genere a Deek?"

Tia scosse la testa, comprensiva. "Hai ragione. È orribile."

"Deek è ancora in prigione?"

Annuii. "È uscito dalla cella, ma si trova in una stanza di contenimento. Hanno usato una di quelle bacchette ReGen su di lui – Dio, che ficata! – ma vogliono assicurarsi che sia guarito del tutto prima di lasciarlo tornare a casa da me." Mi guardai al di sopra delle spalle. "Come puoi vedere, sono a casa di Deek, da sola, ma al sicuro. E, in quanto a Deek, è ben custodito, nessuno può fargli del male. Questo mi dà un sollievo enorme. Dovrei poter dormire un po', finalmente."

Chissà, forse sembravo una fragile civettuola terrestre, perché speravo che Engel notasse la collana e sapesse che con quella avremmo potuto incastrarlo. "Ho visto dei video di gente che ha assunto il Rush. È spaventoso," disse Tia.

"Lo so. Penso che con i terrestri non ci siano problemi." Feci spallucce. "Chi lo sa? Io so solo che questa preoccupazione mi ha sfinita, non sono per niente su di giri. Crollo a letto non appena spengo quest'affare. Volevo solo dirvelo, dal momento che siamo una famiglia."

Toccai di nuovo la collana, per effetto.

Tia sorrise. "Sono così contenta di sentirtelo dire. Fatti una bella dormita e domani verremo a visitarvi e a festeggiare."

"Un'altra celebrazione!" esclamai. "Ma magari potete aspettare fino a dopodomani? Voglio festeggiare un po' con Deek... da sola."

Le feci l'occhiolino. Tia arrossì e mi rifece l'occhiolino.

"Dopodomani, allora."

Li salutai e Tia si allungò per premere un pulsante sullo schermo e spegnerlo. Lo schermo si fece nero e io lasciai cadere la mano e mi tolsi il sorriso dalla faccia.

Espirai, poi girai la sedia. "Ha funzionato?" chiesi.

Dax e Sarah entrarono nella stanza. Una dei capi delle guardie era con loro.

"Verrà a prendere la collana. Presto, prima che Deek ritorni," disse la guardia. Non era coinvolto emotivamente, eppure era arrabbiatissimo. "Una volta che Deek sarà tornato, non ti perderà d'occhio nemmeno per un secondo, e chiunque proverà a recuperare la collana fallirà. Engel lo sa."

"Va' a letto e aspetta," disse Dax con un ghigno. Aveva combattuto lo Sciame per anni, ma ora si occupava del male che accadeva su Atlan. Che facevano le persone di Atlan.

"Vado a fare l'esca," aggiunsi.

Deek

MI SVEGLIAI e vidi che uno dei dottori militari stava agitando una bacchetta ReGen su di me. Dèi, continuavo ad addormentarmi. Perché continuavo a svegliarmi in mezzo a roba strana? Prima c'era Tiffani che voleva sedurmi – a ripensarci, non era certo un problema – poi Seranda, poi questo.

"Lasciami solo, cazzo," ringhiai.

"Mi dispiace, Comandante," rispose. "Dobbiamo esaminarla."

"Prima dell'esecuzione?" chiesi, facendo un gesto della mano.

"Per cercare il Rush."

Bloccai la mano. "Rush?"

Perché cazzo dovevano farmi gli esami per il Rush? Restai fermo e lasciai che il dottore facesse il suo lavoro.

"Come pensavo. Nelle sue vene c'è abbastanza Rush da stendere uno Zoran."

"I predatori a tre gambe del Settore 3?"

Annuì e continuò ad agitare la bacchetta sopra di me. "I dati mostrano una dose di sette volte superiore a quella che si inietterebbe un qualsiasi tossico. Mi dia trenta secondi per neutralizzarla."

La bacchetta da blu si colorò di arancione. Ero stato ferito abbastanza volte da sapere cosa dovevo fare. Starmene sdraiato e lasciare che la bacchetta facesse il suo dovere.

Il dottore ripose la bacchetta e si scostò dal letto. Mi alzai, scossi la testa e cercai di capire come mi sentissi. "Cazzo, dottore. Che succede?" chiesi.

"È stato drogato."

Gli diedi uno dei miei sguardi da comandante che facevano tremare le reclute nei loro stivali. Il dottore non sbatté nemmeno le palpebre. "Stando alle nostre informazioni, sembra che qualcuno l'abbia drogata con il Rush per far sembrare che la febbre avesse sovraccaricato le sue facoltà mentali."

Feci un respiro profondo, poi un altro, godendomi questa sensazione di... nulla. Per la prima volta da molto tempo mi sentii normale. "Vuoi dire che qualcuno ha fatto in modo che la mia febbre sembrasse incontrollabile."

Annuì. "Sì, e farla giustiziare di conseguenza."

"Questo è omicidio premeditato. Chi è stato?"

Il dottore sollevò le mani. "Io sono un dottore, non una guardia. Mi hanno detto di sottoporla ai test per il Rush. Può ringraziare la sua compagna. È una donna molto intelligente. Lei è un uomo fortunato."

"Che intendi? La mia compagna ha chiesto di farmi testare per il Rush? Lei viene dalla Terra. Come potrebbe anche solo sapere che esiste?" Il Rush venne dichiarato illegale più di vent'anni fa. Ormai si usava così di rado che nessuno si preoccupava più di eseguire i test. Usare quella droga su un altro Atlan era il punto più basso immaginabile, così privo di onore che la maggior parte dei guerrieri non lo avevano mai nemmeno preso in considerazione. "Chi mi ha fatto questo?"

"Non lo so, Comandante. Dovrà chiederlo alla sua compagna, o al Generale Dax. Ma ora la droga è svanita, e lei è libero di andare."

Sì, lui guariva le persone. Non le arrestava.

"Se si incammina per il corridoio, troverà il capo delle guardie ad aspettarla. Mi è stato detto che due delle guardie personali del Generale Dax la accompagneranno a casa."

Il muro gravitazionale era abbassato. Uscii dalla cella. "Dottore?"

Il dottore mi seguì. "Sì?"

"E se non fosse stato il Rush? E se fosse stata davvero la febbre?"

Il dottore contrasse le labbra. "Allora avrei dovuto firmare l'ordine per farla giustiziare."

Annuii e mi incamminai per il corridoio. Chiunque fosse stato a farmi questo, l'avrebbe pagata. Ora dovevo solo scoprire che cosa cazzo stesse succedendo.

"Guardie!" gridai, pronto a dare la caccia al mio nemico.

Quando raggiunsi la fine del corridoio, vidi due guerrieri con indosso i colori della casata di Dax. Mi rilassai, ma non troppo. Mentre mi avvicinavo, la guardia più anziana fece un passo in avanti e mi salutò. Aveva più o meno la mia stessa età e, a giudicare dal suo portamento, sapeva come combattere.

"Comandante, io sono Rygor." Indicò l'altro uomo con un cenno della testa. "Lui è Westar. Il Generale Dax ci ha detto di accompagnarla a casa."

Ispezionai i soldati. Erano della mia stazza, portavano le armature da battaglia, ma lo sguardo di Rygor era pieno di impazienza, di furia.

"Perché Dax non è qui? E dove si trova la mia compagna?"

Le guardie si guardarono, poi guardarono me, ma riuscirono a malapena a sostenere il mio sguardo. Era come se si aspettassero che esplodessi da un momento all'altro. Beh, se non avessero cominciato a rispondere alle mie domande, e alla svelta, sarebbe successo esattamente quello. Incrociai le braccia sul petto e li guardai in un modo che faceva pisciare sotto le nuove reclute.

Rygor si schiarì la gola. Invece di rispondere, mi diede una sporta da guerriero. La aprii e vi trovai un'armatura e un'arma.

"Che diavolo succede, Rygor? Spiegati. Adesso." Non indossavo molti vestiti. Il dottore mi aveva detto di togliermi la maglietta, e i pantaloni e le scarpe che indossavano erano i vestiti della festa. Quello che mi aveva consegnato Rygor mi faceva sentire come se dovessi gettarmi a capofitto nella battaglia. Un territorio familiare.

"Anche la sua compagna ha reagito alla droga. Il Generale Dax e Sarah sono con lei. Quando la sua compagna è stata sottoposta ai test, hanno scoperto la presenza del Rush."

Mi bloccai tenendo sollevata l'armatura e guardai la guardia più anziana. "La mia compagna sta bene? È stata ferita?" La bestia minacciò di esplodere mentre aspettavo la risposta.

"Stia calmo, Comandante. Lei sta bene." Si schiarì la gola e il suo sguardo incrociò brevemente quello di Westar prima di rivolgersi di nuovo a me. "Almeno, stava bene quando abbiamo lasciato al sua casa."

Indossai l'armatura. Mi sentii a casa. Era ingombrante, ma familiare. Comoda. E mi aiutava a prepararmi mentalmente per quanto stava per accadere. Se Dax mi aveva inviato l'armatura, stavo andando in missione. Certamente aveva a che fare con la compagna, e quindi ero pronto a uccidere. Questa volta, il nemico non era lo Sciame.

"Che cazzo significa *'stava'*? E perché non è sotto la protezione del Generale Dax?"

Westar mi diede una pistola a ioni e finalmente interruppe il suo silenzio. "La sua compagna non l'avrebbe permesso, Comandante."

Ringhiai e sentii che la mia faccia si stringeva, i miei occhi cominciarono a cambiare, come se la bestia fosse pronta a caricare. Avrei protetto Tiffani da ogni pericolo, anche da sé stessa. Riuscii a trattenere la bestia a malapena, ma anche la mia voce era cambiata. Le mie parole rimbombarono: "Spiegati. Adesso."

Rygor mi diede un paio di stivali. "Indossi questi. Le spiegheremo tutto per strada. Più tempo perdiamo qui, più a lungo dovrà aspettare per farle lei stesso tutte le domande del caso."

Dovetti concordare con quell'uomo.

Westar sbuffò. "Sarà tutto finito per allora."

Indossai uno stivale, poi l'altro. "Che cosa sarà finito?"

Rygor si inchinò leggermente. "La sua compagna sta affrontando il suo nemico, Comandante. È sorvegliata, ma ha insistito per incontrarlo da sola."

"La mia compagna sta affrontando il nemico da sola?" La mia domanda echeggiò per i corridoi.

L'avrei sculacciata così forte che non si sarebbe potuta sedere per una settimana. "Chi cazzo deve affrontare? Chi mi ha drogato?"

Rygor cominciò a camminare in fretta, Westar e io eravamo dietro di lui. Dal modo frettoloso in cui camminava, dal modo in cui aveva affrontato la mia bestia arrabbiata, sapevo che era stato in prima linea, che aveva visto il nemico ed era sopravvissuto. Un guerriero nella Flotta della Coalizione. Mi chiesi se avesse una compagna, perché continuasse a servire Dax quando poteva avere una casa tutta per sé, una compagna che lo domasse.

"Mi dispiace dirglielo, signore, ma è stata una persona della sua famiglia."

Rallentai, ma senza fermarmi. "Non ti credo. Tia non mi tradirebbe mai."

Westar scosse la testa, i nostri stivali battevano ritmicamente lungo i corridoi. "Non Tia, suo padre. Engel Steen."

Rygor mi guardò: era preoccupato. "Il Consigliere Steen."

Quelle due parole mi fecero raggelare il sangue. Liberato dal Rush, con la mente sgombra, finalmente tutto ebbe senso. E quello mi fece correre ancora più veloce.

La mia compagna era là fuori, stava affrontando uno degli uomini più potenti del pianeta, un uomo così ben connesso, così formidabile, che due bauli pieni di armi non erano bastati a fargli guadagnare la più basilare delle punizioni. Nemmeno un interrogatorio.

Engel Steen era intoccabile, e la mia piccola, coraggiosa compagna stava provando a distruggerlo.

Da sola.

14

Engel Steen era uno stronzo. Uno stronzo narcisista, misogino, tronfio, farisaico... e potevo andare avanti. Sarebbe stato perfettamente a suo agio sulla Terra. Non era stato proprio a causa di uomini come lui che avevo lasciato la Terra?

"Tiffani, mia cara, sono davvero felice della fortuna che ti ha toccato. Sono sicuro che aspetti con ansia che il tuo comandante ritorni a casa." Si portò alle labbra la delicata coppa e mi guardò come se fossi la sua prediletta figlia del cazzo, la stella più luminosa sul pianeta, la ragazza più fortunata e più felice che esistesse.

Se non fossi stata a conoscenza della verità, avrei creduto a ogni sua cazzo di parola. Questo tizio meritava un Oscar. E io, che non mostravo traccia di disgusto sul volto, meritavo il mio.

"La ringrazio, Consigliere."

"Ti prego, cara, siamo di famiglia ormai. Chiamami cugino, o Engel." Posò la sua mano gigante e nodosa sopra la mia, mentre gli versavo altro vino. Indossava i guanti, e mi venne voglia di strillargli di togliersi così da potergli strofinare la collana drogata su tutto il corpo.

Lui non lo sapeva, ma la collana che portavo al collo e che lui continuava ad adocchiare era solamente una replica. Quella vera era al sicuro in una scatola a casa di Dax. C'erano ancora tracce di Rush. La prova del suo piano era al di fuori della sua portata.

Mi strinse la mano con gentilezza, come per confortarmi. Tutte le regole Atlan riguardo al non toccarsi, a quanto pareva, non lo riguardavano. Con tutte le regole che aveva infranto, era ovvio che non rispettasse niente e nessuno.

Sorrisi, sperando che non conoscesse abbastanza a fondo le ragazze della Terra per leggere il disgusto e l'odio che ribollivano al di sotto della superficie. "Così mi onori, cugino." Il mio sorriso, da accogliente, si fece meditabondo. "Come hai fatto con questo regalo generoso. Grazie ancora. So che Deek sarà felice di sapere della tua preoccupazione. Sono lusingata che tu sia passato a visitarmi, ma ti assicuro che sto bene."

"Certo, cara. Ma tu sei parte della famiglia, e io non potevo sopportare di pensarti tutta sola in questa fortezza gigante mentre aspettavi il suo ritorno." Tolse la mano dal mio polso e si sporse in avanti per afferrare la collana. Pezzo di merda. "Posso guardarla? Ti spiace? Mi piacerebbe tenerla in mano. Il comandante tornerà presto a casa, e io mi sento un po' sentimentale."

Bingo.

"Ma certo." Mi portai la mano al collo, sganciai la serratura e gli diedi la collana lasciandola cadere con grazia nel palmo della sua mano aperta e inguantata.

"Grazie, cara." Si avvicinò agli anelli dorati e di grafite, li ispezionò e li toccò con la punta delle dita, uno ad uno, come se vi stesse spalmando qualcosa sopra.

Allora mi fu tutto chiaro. Non aveva bisogno di rubare la collana per sbarazzarsi delle prove; doveva semplicemente neutralizzare la droga. Una volta sparita, non ci sarebbe stato modo di utilizzare la collana per provare alcunché.

Se la prese comoda, fece finta di studiarla, e io sorrisi per tutto il tempo, sorseggiando il mio vino. A un certo punto si fermò, si accigliò e mi guardò.

"Questa non è la collana che ti ho dato io, cugina. Dove si trova l'altra?"

"Ah, no?" Spalancai gli occhi il più possibile e mi sporsi in avanti per guardare la collana. "Non me la sono mai tolta. Non mi sono nemmeno cambiata i vestiti, dopo la festa."

Guardai il mio vestito da festa, stropicciato e rovinato. Non appena Engel fosse andato in prigione, lo avrei dato alle fiamme. Quando me lo ero messo era bellissimo, ma ora... ora mi ricordava quanta malvagità ci fosse al mondo. No, nell'universo.

"Come fai a dirlo?"

"No, non è la stessa." Provò a sorridermi, ma finalmente riuscivo a vedere la tensione nei suoi occhi, la malizia che faceva breccia nella sua facciata. "La chiusura è diversa. Sull'altra chiusura ci sono incise le iniziali di mia nonna."

"Oh, no!" Mi portai la mano al collo fingendo stupore e feci un sorrisetto prendendo un sorso di vino. "Che razza di cocktail chimico hai su quei guanti? Che cosa fai ora che non puoi distruggere le prove? Ora tutti sapranno che hai provato a drogare tuo cugino, che stai producendo la droga più odiata di tutta Atlan e che la vendi come caramelle."

Poggiai il vino sul tavolo e tirai fuori la pistola che Dax mi aveva prestato – e insegnato a usare, non si poteva mai sapere. Gliela puntai al petto. "Povero grosso, cattivo consigliere, fregato da una stupida ragazzotta della Terra. Che *umiliazione!*"

Contrasse gli occhi, il suo sguardo si spostò dalla pistola che stringevo nella mano all'odio feroce nei miei occhi.

"Che cosa pensi di fare con quella, Tiffani?"

"Io sono solo la stupida ragazza della Terra, no? Che cosa voglio fare? Ti voglio sparare."

Agitai la pistola davanti al lui, come per enfatizzare le mie parole, e lasciai che qualche lacrima mi rotolasse lungo le guance, in parte per fare scena, in parte perché ero così furibonda che tutta questa rabbia aveva bisogno di una valvola di sfogo. Volevo *davvero* ucciderlo, e questo non faceva che farmi arrabbiare ancora di più. Sulla Terra, mi sarei sentita in colpa ad uccidere un ragnetto. Intrappolavo quella cosetta in una tazza e la liberavo nel giardino.

Odiavo quest'uomo, lo odiavo con tutta me stessa, e volevo che me lo leggesse negli occhi.

"Ma ora, *cugino*, penso che dovrei ucciderti per aver avvelenato Deek. È quasi morto per colpa tua. Mi sembra giusto che tu debba fare la stessa fine."

Inghiottii, poi mi leccai le labbra. Quando mi si erano addormentate?

Engel mi sorrise, si poggiò allo schienale della sedia e incrociò le braccia sul petto. "Morire? Oggi? No, mia cara, temo che non sia questo quello che ho in mente."

La stanza cominciò a roteare e io strizzai gli occhi. "Cosa...?" Quel pensiero si bloccò a metà e mi si annebbiò la vista. La pistola mi cadde dalla mano molle. Presto il mio corpo crollò, colpendo il bracciolo della sedia sulla quale ero seduta.

Avevo gli occhi aperti, ma la vista era annebbiata. Era come provare a guardare sott'acqua senza gli occhialini. Era tutto distorto, sfocato.

Sapevo che Engel si era alzato dalla sedia e mi aveva messo una mano sotto al mento. Mi sollevò il viso per farsi guardare.

"Come hai detto tu, *stupida ragazza della Terra*. Pensi davvero di essere più intelligente di me?" Si tolse i guanti e se li mise in tasca. "I guanti non erano ricoperti con l'antidoto, dolce cugina."

Sollevò la collana e me la rimise attorno al collo, il tocco delle sue dita mi fece rabbrividire. Ma il mio orrore non si mostrò in superficie. Ero come un manichino. Mi sentivo completamente distaccata. Senza emozioni. Sapevo che, se mi fossi sforzata con tutta me stessa, avrei potuto parlare. Riuscivo a sbattere gli occhi. Avrei potuto sputargli in faccia, ma non avevo l'energia per farlo, e tutto il mio corpo era come un peso morto.

"La collana era davvero per te, mia cara." Mi strinse il mento fino a farmi male, e io continuavo a non potermi muovere. Era come se fossi paralizzata dal collo in giù. "E ora, dimmi dove si trova quella vera."

"Vattene a fanculo." Pronunciai quelle parole a voce bassa, strascicandole, ma lui non poté non sentirle.

Mi sollevò dalla sedia come se fossi una piuma, le mani attorno alla mia gola. "Dove si trova la collana?"

Facevo fatica a respirare, ma non potevo lottare, non potevo afferrargli la mano e tirarla via. "Hai avvelenato Deek," dissi tossendo.

Rise, un suono che era pura malvagità.

Volevo cavargli gli occhi dalla testa, ma non potevo. "Ti odio."

"Non ho bisogno del tuo amore, Tiffani." Il suo sguardò passò in rassegna il mio corpo con un evidente interesse maschile. "Forse ti scoperò prima di ucciderti, voglio scoprire com'è fatta quella tua figa magica in grado di salvare una bestia Atlan da un'overdose di Rush."

Non riuscii nemmeno a scuotere la testa. "No."

"Deek è sopravvissuto questa volta, ma posso mandarlo di nuovo in guerra, farlo catturare dallo Sciame. Sì, è un destino ben peggiore della morte, no?" Mi gettò sul pavimento come una bambola di pezza. Non riuscivo a difendermi, non potevo nemmeno rotolare a faccia in su. "Ma prima ucciderò te."

Per fortuna, il mio corpo era addormentato, ma la mia testa sbatté contro il pavimento di marmo e sembrò un melone che esplodeva.

Un ruggito risuonò da qualche parte nelle vicinanze. Aprire gli occhi era come infilzarmi il cervello con degli attizzatoi di ferro, la luce era un'esplosione di dolore. Ma io conoscevo quel ruggito. Conoscevo quell'Atlan. Quella bestia. Ed erano entrambi miei.

Deek

RYGOR E WESTAR mi scortarono fino all'entrata posteriore di casa mia e ci intrufolammo dentro come ladri. Mi avevano informato lungo la via, mi avevano detto tutto quello che non sapevo. Più cose mi dicevano, più la mia bestia prendeva il sopravvento. Sapevo che Tiffani stava affrontando Engel, provando a farlo confessare. Sapevo che le guardie Atlan e Dax la stavano sorvegliando.

Ma non bastava. La mia bestia era infuriata, i miei occhi erano neri mentre provavo a scacciarla. Tiffani non aveva bisogno che la mia bestia fosse accecata dalla furia. Aveva bisogno che io pensassi.

Il che era impossibile. L'unica cosa che la mia bestia riusciva a vedere era Engel che toccava la mia compagna, che le faceva del male.

Corsi su per le scale ed entrai in una stanza piena di monitor. Dax e tre membri armati della guardia Atlan stavano osservando Tiffani ed Engel che parlavano. Sapevo che stavano registrando ogni parola, ma non riuscivo sentire nulla.

Guardai Tiffani sorridere e sorseggiare il suo vino, come se non avesse un pensiero per la testa. Vederla sana e salva aiutò a calmare la furia protettiva della mia bestia. In silenzio, diedi di gomito a Dax e mi feci consegnare il suo auricolare. Volevo sentire ogni cazzo di parola.

La logica voleva che le lasciassi finire quello che aveva iniziato. Se fossi intervenuto ora, Engel se ne sarebbe andato e avrebbe continuato a rappresentare una minaccia. Fino a quando era vivo e libero, era un pericolo letale. Per quanto l'idea non mi piacesse, Tiffani aveva ragione su questa cosa. Dovevamo fermarlo, e per farlo avevamo bisogno di una confessione, qualcosa che lui non avrebbe potuto insabbiare. Ma se quello stronzo avesse anche solo pensato di far del male alla mia compagna, lo avrei dilaniato con queste mie stesse mani.

Mi accigliai. Mi avvicinai ai monitor e sentii la voce di

Engel. Stringeva la collana di mia nonna tra le mani. Tiffani doveva essersela tolta e avergliela consegnata.

"*No, non è la stessa. La chiusura è diversa. Sull'altra chiusura ci sono incise le iniziali di mia nonna.*"

"*Oh, no!*" Tiffani si mise una mano sul petto e si appoggiò allo schienale.

"*Che cocktail chimico hai su quei guanti? Che cosa farai se non potrai distruggere le prove? Ora tutti sapranno che hai provato a drogare il tuo stesso cugino, che stai producendo la droga più odiata di tutta Atlan e che la vendi come caramelle.*"

Si sedette e il mio cuore cominciò a battere forte. Che cazzo stava facendo, stuzzicava un serial killer? La stanza in cui erano seduti era troppo lontana. Mi ci sarebbero voluti almeno dieci secondi per raggiungerla. Avrebbe fatto in tempo a ucciderla.

La sua voce lo pungolò un altro po' e, per quanto volessi fare irruzione, dovetti ammirare il suo coraggio. Era la compagna più bella e più coraggiosa che potessi desiderare. E stava facendo tutto questo per me. Far confessare ad Engel i suoi crimini era l'unico modo per scagionarmi in modo completo e irrevocabile, così da permetterci di vivere il resto della nostra vita in pace.

"*Povero grosso, cattivo consigliere, fregato da una stupida ragazzotta della Terra. Che umiliazione!*"

Tiffani tirò fuori una pistola. Mi voltai verso Dax, lui mi annuì e mi sussurrò: "Deek, non preoccuparti. Sa come usarla."

"A che cazzo stavi pensando? Le hai dato una pistola?" Non volevo nessun'arma vicino a lei, anche se era lei a impugnarla.

"Volevi mandarla lì disarmata?" Dax fece spallucce.

"Non doveva tirarla fuori. Avrebbe dovuto essere la nostra ultima risorsa."

"Cazzo."

Engel parlò e io mi rigirai verso i monitor. *"Che cosa pensi di fare con quella, Tiffani?"*

"Io sono solo la stupida ragazza della Terra, no? Che cosa voglio fare? Ti voglio sparare."

Vidi le lacrime scendere lungo il bellissimo viso di Tiffani. Stava soffrendo. Per me.

E poi minacciò di ucciderlo.

Mi si gelò il cuore, il ghiaccio mi scorse nelle vene. Non me ne fregava un cazzo se lo uccideva, meritava di morire. Ma aveva appena minacciato un signore della guerra, un combattente indurito dalla guerra che era sopravvissuto a dieci anni di guerre con lo Sciame.

Se aveva intenzione di ucciderlo, dove farlo e basta. Basta parlare.

Corsi verso la porta, ma Dax e una delle guardie mi bloccarono. "Non ancora, Deek. Sta per confessare. Non toglierglielo."

"La ucciderà!" La mia bestia ringhiò e io mi feci più alto, i denti si fecero aguzzi, le gengive si ritrassero per rivelare i bordi affilati come rasoi.

La voce compiaciuta di Engel mi fece voltare di nuovo verso i monitor. Mi accorsi che ero quasi corso fuori dalla stanza con ancora l'auricolare all'orecchio. *"Morire? Oggi? No, mia cara, temo che non sia questo quello che ho in mente."*

"Cosa...?" Tiffani sembrava confusa, debole. La vidi accasciarsi, perdere il controllo del proprio corpo e un basso ruggito rimbombò per tutta la stanza.

"Stupida ragazza della Terra. Pensi davvero di essere più

intelligente di me?" Si tolse i guanti e se li mise in tasca. *"I guanti non erano ricoperti con l'antidoto, dolce cugina."*

Veleno. Aveva avvelenato la mia compagna. Proprio davanti ai miei occhi. E a Dax. E alle guardie.

"Cazzo!" ringhiai.

Dax sibilò e la guardia alla mia sinistra strinse la presa su di me. "Non muoverti, Comandante. Prima dobbiamo sapere che cosa le ha dato."

Engel le rimise la collana attorno al collo e io dovetti voltarmi. Non potevo sopportare la vista di lui che la toccava.

"La collana era davvero per te, mia cara. E ora, dimmi dove si trova quella vera."

"Vattene a fanculo."

15

eek

Eccola là. La mia compagna, testarda e bellissima. Mi inorgoglii vedendo il suo sprezzo per il pericolo, il suo coraggio, anche mentre ero combattuto. Dovevo lasciarle finire quello che aveva iniziato, essere sicuro che Engel non avesse nessuna via d'uscita. Dovevo rendere onore al coraggio di Tiffani, al suo desiderio di aiutare, ma non doveva piacermi. E poi fui sopraffatto dalla furia. Ci volle tutta la forza di Dax e di altre due guardie per bloccarmi, mentre la voce di Engel si faceva sempre più esigente.

"*Dov'è la collana?*"

"*Hai avvelenato Deek.*"

Non c'era niente di sano nella sua risata. Sollevai lo sguardo verso il monitor e vidi che la mia compagna penzolava dalle sue mani, mani che avvolgevano la gola soffice di Tiffani.

E la bestia si scatenò.

Mi precipitai per il corridoio ed entrai nella stanza. Engel era in piedi vicino alla mia compagna. Il ringhio della mia bestia fece tremare le pareti. Il Rush l'aveva fatta impazzire. Mi ero infuriato in passato quando lo Sciame aveva ucciso i miei soldati. E mi ero anche infuriato sapendo da Seranda che Tiffani mi aveva lasciato. Ma ora, vedere Tiffani sul pavimento, sotto l'influenza di un'altra cazzo di droga, debole e indifesa, fece eruttare la mia bestia come mai prima d'ora. In quanto Atlan, io non potevo controllarla, né volevo farlo. Volevo strappare le braccia a Engel. Volevo distruggerlo.

Niente avrebbe potuto impedirmelo. Né Dax, né le guardie. Niente.

Con la coda dell'occhio, vidi Dax che aspettava sulla soglia. Sarebbe entrato, ma non ora. Adesso dovevo porre fine a questa follia. Una volta per tutte.

Eravamo io e la mia bestia contro il pericolo che incombeva sulla mia compagna.

Engel stava per morire.

"Non sembra che tu ti sia rimesso completamente, Comandante," mi stuzzicò Engel rimanendo calmo, per nulla turbato dalla mia bestia.

"Tu muori." Due parole, e anche quelle mi costarono fatica. La mia bestia voleva combattere e basta.

Engel si voltò, i suoi occhi divennero neri per rispondere alla mia minaccia. Eppure, fece solamente spallucce. "Perdere una compagna è ben peggiore della morte, vero? Forse quando la tua adorata Tiffani sarà morta, vedrai che forse *tu* avresti dovuto fare delle scelte diverse."

Avanzai, avevo l'armatura addosso e il cuore mi batteva a mille. La bestia non caricò. Engel era ancora troppo vicino alla nostra compagna. E sapevo esattamente a cosa si riferisse. Le sue droghe, le sue armi, la spedizione che avevo bloccato. "Xerima."

Engel si mise tra me e Tiffani, che era sempre stesa inerme a terra. La mia bestia riusciva a sentire il battito del suo cuore, ma sembrava inerme. Lento. Presto, non avrei avuto altra scelta, avrei dovuto caricare Engel e sperare di riuscire a raggiungerlo prima che uccidesse Tiffani.

"Che senso ha avere dei parenti altolocati se non possono aiutarti? Era semplice, Comandante. Sarebbe bastata una firma e niente di tutto questo sarebbe mai successo."

Stava ammettendo il suo crimine. Forse sapeva che stava per morire. Forse sapeva che tutti erano a conoscenza dei suoi crimini. Aveva drogato la mia compagna. Solo per quello, l'avrebbero incarcerato a vita. Per il resto, c'era la pena capitale.

"Avidità. Niente onore." La voce della mia bestia era furiosa. Feci un passo in avanti.

Gli occhi di Engel erano completamente neri, la sua faccia cominciò ad allungarsi e tutto il suo corpo cominciò a cambiare. "Ho i soldi, idiota. I soldi e il potere."

Ed era vero. Era uno degli uomini più potenti del pianeta. Onorato. Riverito. Più ricco della maggior parte dei guerrieri ritornati dal fronte. E allora, perché doveva smerciare il Rush e le armi illegali? Non riuscivo a capirlo. "Perché?" Una sola parola. Bastava e avanzava.

"Mi annoiavo, Deek. Veramente. Ho passato dieci anni a fare a pezzi i soldati dello Sciame. Sono tornato a casa, mi sono messo le ciabatte e mi sono messo a bere il mio vino." Engel sollevò le braccia e indicò i ricchi tendaggi, le opere d'arte e l'elegante arredamento. "Questo è niente, Deek.

Datti tempo e lo capirai. Avevo l'opportunità di cambiare le sorti della guerra su Xerima, di influenzare lo sviluppo di un'intera civiltà."

"Giochi a fare dio."

"Noi siamo degli dèi, sciocco. La maggior parte sono dei semplici codardi, hanno troppa paura per governare."

Scossi la testa, lentamente. Strinsi i pugni. Engel era pazzo. Me ne accorsi solo allora, aveva uno sguardo da maniaco.

Gli balzai addosso. Se lo aspettava;, mi fece arrivare vicino a lui, mi permise di afferrarlo. L'aggressione rifocillò la sua bestia, fomentò il suo animale facendolo infuriare, trasformando anche Engel in una bestia. Divenne grosso quanto me, i suoi capelli divennero strani. Non molti uomini della sua età si trasformavano, ed era una cosa strana da vedere. Ma il suo corpo era tutto muscoli, le sue spalle e il suo petto erano grandi quanto i miei. Era enorme, potente, e sapeva combattere.

Ma io stavo combattendo per qualcosa di ben più grande del mio ego. Io combattevo per Tiffani. Lottammo, testando la forza l'uno dell'altro. Nessuno riusciva a sopraffare l'altro. Sentii le guardie che arrivavano ma le ignorai. Le loro armi avrebbero solamente infastidito la mia bestia, e sarebbero servite a ben poco per fermare Engel. I guerrieri che avevano combattuto in prima linea avevano imparato a gestire il dolore di una ferita da arma da fuoco.

"No, non intervenite." Sentii le parole di Dax, ma restai concentrato su Engel. Mi scostò e girammo l'uno intorno all'altro. Engel si pulì la bocca insanguinata. La sua bestia ansimava, aveva la fronte zuppa di sudore.

"Non mettetevi mai tra due guerrieri in modalità bestiale. Devo rispedirvi a pulire i bagni? Portate una bacchetta ReGen. Il comandante non ha bisogno del nostro aiuto, ma la sua compagna sì."

Engel mi caricò, scansai il suo pugno e lo colpii sul fegato, gli afferrai la faccia e lo tirai giù, costringendo il bastardo a sollevare la testa. Lo graffiai con gli artigli e gli torsi il collo. Sfortunatamente, Engel riuscì ad assecondare la mia torsione e mi impedì di spezzargli il collo. Il suo viso era sfregiato in profondità. Dalle ferite sgorgava moltissimo sangue. Il suo ruggito fece tremare la stanza.

Ansimando, mi feci avanti, le braccia pronte alla lotta. Vidi i segni che aveva in faccia, sarebbe andato incontro alla morte con il marchio dell'infamia, e ciò fece ululare la mia bestia trionfante. Ma non avevamo ancora finito.

Fu lui a caricarmi questa volta; il suo ululato furioso rimbombò come un'esplosione. Usai il suo stesso slancio contro di lui. Mi scostai di lato, lo gettai a terra e gli conficcai gli artigli nella schiena.

Gli artigli gli perforarono la carne, fino all'osso. Avvolsi le mani attorno alla sua spina dorsale e la spezzai, ed Engel gridò agonizzante sotto di me.

Lo tenni bloccato lì, le mani avvolte attorno alla sua spina dorsale, e lui continuava ad agitare le braccia. Le sue gambe smisero di muoversi e la mia bestia ringhiò soddisfatta. Gli avevamo fatto male, lo avevamo rovinato, avevamo distrutto il nostro nemico. Engel non si sarebbe rialzato, non avrebbe camminato mai più, non avrebbe mai più combattuto.

Eppure, ancora non potevo lasciarlo andare. Si spinse con le braccia e io affondai ancora di più il mio pugno, separando le ossa e forando i soffici tessuti. I suoi polmoni erano pieni di sangue. Le sue braccia collassarono e lui giacque inerme sul pavimento; il suo corpo si fece freddo, era sotto shock. Sbatté lentamente le palpebre, mentre il sangue gli tracimava dalla bocca finendo sul pavimento.

La bestia aveva finito con lui. Aveva trionfato. Ma io non l'avrei lasciato andare. Volevo prendere il suo ultimo respiro.

"Deek! Deek!" Mi sentii una mano sulla spalla, sentii la voce, ma era difficile oltrepassare la nebbia dell'odio. Della furia. Della rabbia. Non era la bestia che non voleva ascoltare, ma il guerriero Atlan. Volevo vedere Engel morto. La bestia però ascoltò la sua compagna.

La bestia si calmò e mi costrinse a sentire la mano della mia compagna sulla mia spalla, ad ascoltare le sue parole.

"Deek, lascialo andare. È finita," disse. Mi strinse la spalla e io distolsi lo sguardo dal corpo paralizzato di Engel per guardare Tiffani.

"È finita per lui. Lascialo alle guardie."

"Ma ti ha fatto del male," ribattei. Non potevo farmi scappare questa occasione. Avevo bisogno di distruggere il guerriero che le aveva fatto del male.

"Sì, è vero. Ha fatto del male anche a te." Deglutì, per lei era una ferita fresca. "Ma è finita."

"Deve morire."

Tiffani annuì e mi mise la mano attorno al viso, accarezzandomi la guancia con il pollice. La mia bestia si sporse in avanti per farsi lisciare. "Morirà, ma non per mano tua. Lascia che Dax entri e lo curi."

"No!" Io e la bestia eravamo completamente d'accordo, ma Dax si era fatto avanti, e quella cazzo di bacchetta ReGen già riluceva, pronta a guarire il bastardo.

"Deve finire di fronte al consiglio, Deek," mi disse Dax. "Non posso guarirgli la spina dorsale, ma posso curarlo abbastanza da trasportarlo alla prigione. Ti prometto che, quando il concilio saprà quello che ha fatto, lo faranno giustiziare."

Gli occhi di Tiffani erano rotondi e imploranti. "Lascia che lo facciano. Lascia che lo prendano le guardie. Non voglio che ti corrompa. Ti prego."

La mia piccola compagna stava provando a proteggermi dal sentirmi in colpa. Quello che non riusciva a capire era che io non avrei provato alcun rimorso. Se Engel fosse morto qui, ora, non mi sarei sentito in colpa nemmeno per un istante. Ma il suo cuore era tenero, la sua preoccupazione genuina, e quindi decisi di accontentarla. Non perché avrei sofferto per aver ucciso l'uomo che l'aveva ferita, ma perché lei avrebbe sofferto e si sarebbe preoccupata per me.

Io ero molto più spietato di quanto lei non sapesse. Ero un assassino. Un guerriero. Il mio cuore batteva solo per lei. E solo per lei io provavo dolore.

Aprii le dita allentando la presa. Ma lo feci solo per lei.

Dax era in piedi dietro Tiffani, le braccia conserte, la pistola nella mano, aspettando che la bacchetta ReGen facesse effetto. Una volta finito, fece un cenno del capo e le guardie sollevarono Engel e lo trasportarono fuori dalla stanza, e le urla di dolore del criminale si affievolirono.

"Grazie." Tiffani cadde in ginocchio di fronte a me. Riuscivo a sentire la sua pelle calda, il suo profumo che turbinava tra di noi. Feci un respiro profondo, inalando. "Anche io lo volevo morto. Avrei dovuto sparargli. Avrei dovuto proteggerti."

Spalancai gli occhi. Tiffani era morbidezza e leggerezza, amore e risate. Non avrei mai immaginato che tale malvagità potesse toccarla. "Dèi, no. Te lo proibisco. Tu non hai bisogno di quella malvagità tra le tue mani. Ti sporcherebbe l'anima."

"È vero." Mi mise la mano sul petto e il mio battito rallentò. Il suo tocco riusciva a calmare me, la mia bestia.

"Né io posso permettere che ce l'abbia tu. Perché? Perché *io* debbo prendermi cura di te. Io. La tua compagna."

Feci un respiro profondo, poi un altro.

"Non voglio vederlo mai più," dissi a Dax. "Ti assicurerai che muoia?" Alzai la testa per guardarlo negli occhi.

"Sì. Ti informerò quando tutto sarà finito. Guarda la tua compagna. La ReGen ha rimosso tutti gli effetti dell'agente paralizzante. Sta bene."

Gli ero grato. Per aver pensato lucidamente, per aver curato la mia compagna mentre picchiavo Engel. Ma ora era tempo di invertire i ruoli. Dax avrebbe pensato ad Engel – non mi sarebbe dispiaciuto se l'avesse preso a cazzotti un altro po' – e io mi sarei occupato di Tiffani.

"Bene abbastanza per essere sculacciata?" chiesi.

Tiffani sgranò gli occhi e Dax ridacchiò. "Sì, credo di sì."

"Deek, io non penso che –"

"Esatto. Tu non pensi."

Mi sentivo meglio, il mondo si era aggiustato, finalmente tutto era a fuoco. E Tiffani era al centro di ogni cosa.

"Mettere la tua vita in pericolo in quel modo? Chiamarti grassa e stupida? È ora di qualche bella sculacciata, Tiffani."

Tiffani farfugliò qualcosa, mentre io mi alzavo e la prendevo tra le braccia. Era perfetta tra le mie braccia. Era perfetta per me. Non l'avrei mai più abbandonata.

La portai nella camera da letto, lasciai cadere i suoi bracciali sul letto e poi entrai nel bagno. Sentii Dax urlare di sotto che faceva uscire tutti da casa mia. Dalla casa di Tiffani. La *nostra* casa. E nessuno l'avrebbe mai più minacciata.

Tiffani restò in silenzio fino a quando non sentimmo la

porta chiudersi. Cortesia di Dax, senza alcun dubbio. Spinsi Tiffani contro il muro della doccia e aprii l'acqua calda.

Si morse il labbro inferiore; i suoi occhi erano pieni di lacrime, mentre mi guardava. "Non puoi sculacciarmi! Stavo cercando di salvarti."

Non le risposi subito. Le stracciai il vestito bagnato di dosso e lo gettai sul pavimento. La lavai tutta, dalla testa ai piedi. Avevo bisogno che ogni grammo di questa giornata, ogni pizzico della droga di Engel lasciasse il suo corpo.

Le mie grosse mani erano veloci, efficienti, perché non volevo scoparla nella doccia, con il sangue di Engel che le colava sui piedi. Volevo lavarla, prepararla per il mio letto. Era mia. Mia.

Quando ebbi finito, ignorai il suo petto che andava su e giù, i suoi occhi che si scurivano, e mi tolsi l'armatura e la gettai di fianco a lei nella doccia. Mi tolsi di dosso il tocco di Seranda, il sangue di Engel, e tutto l'odio se ne volò via con il profumo del sapone.

Inalai a fondo, godendomi l'effluvio della pelle bagnata della mia compagna, il suo calore, la sua figa umida.

Oh, sì, era calda e bagnata, pronta per me. Soffermò lo sguardo sul mio petto e sulle spalle, sui fianchi. Quando i suoi occhi si soffermarono sul mio cazzo, le sue guance si fecero rosa, e il respiro affannoso.

"Sono tuo, Tiffani. Ogni centimetro del mio corpo è tuo."

Chiusi l'acqua e Tiffani mi guardò incerta. Volevo essere sicuro lei non avesse mai più quello sguardo. Lei era mia. E, dopo oggi, non ne avrebbe mai più dubitato.

La avvolsi con un asciugamano, non mi curai di asciugarmi, e la portai in camera da letto. "Adesso ti sculaccerò, compagna. Ma queste sculacciate non sono per punirti, sebbene lo sanno gli Dèi se ne hai bisogno."

"E che altro tipo di sculacciate esistono?" chiese quando la gettai sul letto. Rimbalzò. Le afferrai le caviglie e la feci voltare sullo stomaco.

Non persi tempo. Tirai su l'asciugamano per scoprirle il sedere. Le sue natiche grosse e cremose fecero ululare la mia bestia e mi fecero indurire il cazzo. Mi guardò, gli occhi stretti. Ma non si mosse. Rimase lì dove l'avevo messa. Un buon presagio. Le piaceva la mia mano dominante, il mio bisogno di ristabilire il controllo. Aveva bisogno quanto me di questo sollievo.

Salii sul letto, mi posizionai vicino a lei, le mie ginocchia puntate contro i suoi seni. Le misi una mano sulla schiena e l'altra sul culo, per accarezzarla, per confortarla, per prepararla. Mossi gli occhi dal suo culo perfetto verso il suo viso. "Hai bisogno di venire scopata, Tiffani?"

Si mosse le labbra e annuì.

"Tiffani, sei mia?"

"Sì."

"Davvero? Ne sei certa?"

Si accigliò. "Sì. Sono tua, e tu sei mio."

Mi sporsi oltre di lei e afferrai i bracciali. Li feci penzolare di fronte ai suoi occhi. Sapevo che i miei occhi si erano scuriti, perché alla bestia non piacevano i suoi polsi nudi.

"E allora perché te li sei tolti?"

16

eek

Deglutì. "Ho dovuto."

"Mi hai dato a Seranda."

Scosse la testa, si mise in ginocchio e i nostri occhi furono quasi alla stessa altezza. "No, certo che no. Pensi che io volessi che tu scopassi con lei?" Gli occhi le si riempirono di lacrime, ma non cedette. "Davvero lo pensi?"

"E così sono tre, Tiffani."

"Tre?"

"Sto contando i motivi per cui dovrei sculacciarti."

"Te la sei scopata?" chiese di nuovo; la sua voce era così insicura, così diversa dalla donna che avevo imparato ad amare.

Sollevai i polsi e le feci vedere che io indossavo ancora i miei bracciali. Ma volevo il segno, la prova visibile che Tiffani mi appartenesse. Non tutti gli Atlan avevano bisogno di quel livello di connessione, ma Dax e Sarah rimanevano inseparabili, con i bracciali. A ben vedere, non ero altrettanto indipendente come avevo pensato. La volevo con me, al mio fianco, sempre. Non avevo mai pensato di essere quell'Atlan che vuole che la sua compagna indossi questi cosi, che vuole legarsi a lei come se lui fosse il suo cagnolino. Ma, a quanto pareva, ero proprio così. Avevo bisogno di quell'oro attorno ai suoi polsi, e non era solo per mostrare al mondo che lei era mia, ma per rassicurare la bestia dentro di me che anche noi appartenevamo a lei.

Tiffani afferrò i bracciali come per rimetterseli, ma io glieli tolsi dalle mani. Le baciai prima un polso, poi l'altro, le misi i bracciali e li chiusi il più delicatamente possibile. Era un atto di reverenza, di completa devozione, e io volevo che lei lo sapesse. "Non toglierteli mai più, Tiffani. Ti prego. Il mio cuore non lo sopporterebbe."

"Mi dispiace, Deek. Non volevo. Ma non potevo lasciarti morire. Dovevo lasciarti andare. Dovevo lasciare che Seranda provasse a salvarti." Pianse, e il suo pianto era colmo di emozioni oscure. Rabbia. Gelosia. Dolore. "Non importa quale fosse il prezzo da pagare."

Le massaggiai la guancia – Dèi, era come soffice seta – le offrii un piccolo sorriso. "Sì, lo so. Ma, donna, non voglio svegliarmi con nessun'altra donna che non sia tu. Hai capito? Preferirei morire piuttosto che perderti."

"Non potrei mai lasciarti morire."

La zittii con un veloce bacio, poi continuai: "Non voglio che affronti da sola signori della guerra, criminali o chissà quali altre minacce."

"Non ero da sola."

Ringhiai, bestia e guerriero.

Guardò in basso.

"Sì, Deek."

"Ora mettiti sulle mie ginocchia e ti sculaccerò. Poi ti darò la scopata di cui hai tanto bisogno."

Le si accesero gli occhi, ma non si mosse. "Non ho bisogno di venire sculacciata."

Era sempre in ginocchio. La tirai a me, la sua testa e la parte superiore del corpo sul materasso, l'asciugamano ammucchiato sotto la vita, il suo culo maturo e pronto sulle mie cosce. Tolsi l'asciugamano e lo lanciai sul pavimento. Con mano gentile, le afferrai i capelli e li mossi di lato, così da avere una visuale chiara delle sue curve floride, del lato del suo volto, del bisogno nei suoi occhi.

Accarezzai la pelle soffice. Dissi: "*Io* ho bisogno di sculacciarti, di sapere che sei mia, di sapere che stai bene. *Tu* hai bisogno di essere sculacciata perché hai bisogno di questa liberazione. Sei troppo forte, troppo coraggiosa. Ti tieni tutto dentro, Tiffani. Non lascerò che tu mi nasconda nulla. Non la tua rabbia, il tuo sollievo, o il tuo desiderio. È tempo di lasciare andare tutto."

Non persi tempo. Le colpii il culo, ancora e ancora, facendo tremolare quelle sfere perfette, ancora e ancora, e ogni schiaffo la faceva sobbalzare, fremere e sussultare.

Smack!

Smack!

Smack!

Continuai fino a quando il lieve gocciolio delle lacrime non si trasformò in un torrente di singhiozzi, fino a quando lei non smise di combattere contro le sue stesse emozioni e lasciò che la vedessi per quello che realmente era.

"Non mi nascondere nulla, Tiffani. Voglio ogni cosa."

Scosse la testa, negandomisi, e io continuai a sculacciarla, fino a quando il suo sedere dolorante non divenne rosa scuro.

Strillò diverse volte, ma non si mosse. Teneva gli occhi chiusi, la faccia tesa, mentre le lacrime le colavano da sotto le palpebre. La sculacciai altre due volte, e poi scostai la sua coscia per spalancarle le gambe e preparare la sua figa per me.

Non aspettai. Il suo profumo umido era più che un invito. Mi mossi lentamente, infilai due dita fino in fondo, le mossi dentro e fuori più di una volta, e i suoi occhi svolazzarono, mentre lei gemeva sotto di me.

"Mi hai fatto spaventare a morte. Non sono mai stato così in pensiero in vita mia. Quando le guardie mi hanno detto di Engel e di quello che stavi facendo, sono quasi morto sul colpo. Ti giuro, mi si è fermato il cuore."

Continuai a scoparla con le dita. Le dissi quanto fossi fuori controllo, disperato. Le dissi anche quanto la amavo, che non potevo vivere senza di lei. Come vedere i bracciali sul pavimento della mia cella mi aveva spezzato il cuore e aveva fatto ululare la mia bestia per il dolore.

E così imparò che le sue azioni, anche se voleva aiutarmi, mi avevano fatto invecchiare di dieci anni.

"Non potevo lasciarti morire. Io ti amo," disse piangendo. "Ti amo. Preferisco vivere senza di te piuttosto che lasciarti morire."

Fermai la mano e le massaggiai la pelle accaldata.

"Io non voglio delle scuse, Tiffani. Amo questo tuo coraggio, questa voglia di proteggere il tuo compagno. Ma voglio che tu capisca perché ti trovi qui, sulle mie ginocchia, e perché ti sto sculacciando."

Feci un respiro profondo.

"Perché mi sono messa in pericolo?" Ricominciò a piangere, prima debolmente, poi con profondi singhiozzi.

"No, amore mio. Perché ti stai nascondendo a me, non mi dici quello che pensi, quello di cui hai bisogno." Mossi di nuovo le dita. Dentro. Fuori. Lentamente, così lentamente. Affondai le dita dentro la sua figa e con un terzo le massaggiai il clitoride. "Di cosa hai bisogno?"

"Di te."

La bestia dentro di me ne ebbe abbastanza della mia gentilezza, dei miei giochi. La feci voltare sulla schiena e bloccai i bracciali al di sopra della sua testa agganciandoli all'anello incastonato nel muro sopra al letto. Era lì, distesa per me, il mio banchetto. Mi inginocchiai in mezzo alle sue cosce e le spalancai le ginocchia: il mio sguardo passò in rassegna ogni centimetro di quello che era mio.

Allungai le mani e le misi delle catene attorno alle caviglie. Lei non si oppose, non protestò mentre la legavo e le tenevo le gambe spalancate, bloccandola per il mio piacere.

Mi arrampicai su di lei, il mio cazzo duro scivolò dentro la sua figa con un'unica solida penetrazione. Sussultò, mosse i fianchi per accogliermi più a fondo.

"Vuoi che ti scopi, compagna?"

"Sì." Si contorse. "Più forte."

TIFFANI

NON POTEVO MUOVERMI. Avevo le braccia legate sopra la testa, e le mie caviglie erano bloccate da degli spessi anelli di ferro. Deek era in ginocchio in mezzo alle mie gambe, me le teneva spalancate, ispirava il mio odore come se io fossi un banchetto e lui fosse un uomo affamato.

Mi faceva male il sedere, il calore si diffondeva attraverso di me come una droga, pizzicava. Avevo pianto moltissimo, tutta la mia paura per Deek, la mia disperazione, il dolore che avevo provato nel perderlo, si riversarono fuori di me mentre mi sculacciava. E ora, ora ero vuota, arrapata, e totalmente sua.

I suoi occhi si erano fatti neri. Mi guardavano, soffermandosi sui miei seni, sul mio ventre, sul mio nucleo che sapevo era bagnato e accogliente. Lo volevo dentro di me, che mi cavalcava fino in fondo. Avevo bisogno di dimenticare quel maledetto giorno. Volevo smettere di pensare. Volevo sentire e basta.

La mia figa si contrasse, mentre Deek si arrampicava sopra di me come un predatore pronto a colpire. Il suo cazzo fu una grossa sorpresa. Mi penetrò a fondo con un unico movimento e mi intrappolò con il suo corpo.

Dio, era così grande, dominatore, perfetto. Non riuscii a trattenere il sussulto che mi scappò dalle labbra più di quanto non riuscissi a negargli che volevo essere scopata.

Dio, sì! Veloce, fino in fondo, così in fondo che non sarebbe mai uscito.

"Sì." Provai a muovere i fianchi per costringerlo a muoversi, ma lui si bloccò sopra di me; la sua lunga asta mi spalancava, mi allargava, mi riempiva, ma non mi dava quello che volevo. "Più forte."

I suoi occhi, che erano ritornati verdi, si annerirono di nuovo alla mia richiesta. Io lo osservavo, sfidavo il mostro dentro di lui a prendermi, a scoparmi, a farmi sua.

E lo fece. Si trasformò con un ruggito e cominciò a scoparmi, dentro e fuori, a fondo. Il letto tremava con il suo desiderio, e io volevo avvinghiare le gambe attorno a lui, affondargli le mani nei capelli, costringerlo a baciarmi, a palpare i miei seni, a succhiarmi i capezzoli duri.

Legata al letto, intrappolata, non potevo fare niente. Potevo solo sottomettermi. E quello mi fece perdere il controllo. Smisi di lottare contro me stessa, e dissi al mio cervello idiota, a tutti gli anni in cui ero stata respinta a causa della mia stazza, di chiudere quella cazzo di bocca e di godersi la cavalcata.

Mi scopava come se non potesse mai averne abbastanza, come se io fossi l'unica donna che potesse domarlo.

E lo ero. Lui era mio.

Mio.

Deek si mosse, mi sollevò il culo dal letto e mi mise un braccio sotto ai fianchi per tirarmi su, verso il suo cazzo. Mi martellava senza pietà; la mia schiena era inarcata, il mio corpo esposto e completamente fuori controllo. L'altra sua mano si mosse verso i miei seni, li tirò e li afferrò, mi strizzò i capezzoli e la mia figa si contrasse attorno a lui a ogni piccolo spasmo doloroso.

Ero in preda all'orgasmo, lo imploravo di farmi venire. Lui mosse la mano sul mio clitoride e cominciò a massaggiarmi con movimenti rapidi e sicuri. Le sue dita si muovevano sopra di me, si infilavano dentro le mie pieghe, si bagnavano con i miei umori, più veloce, meglio del mio vibratore preferito alla massima potenza.

E lui mi scopava come una macchina. Il suo ritmo era implacabile. Non avevo tempo di pensare. Di respirare.

Riuscii solo a strillare, mentre venivo sul suo cazzo. Ma lui non si fermò, spingendomi di nuovo oltre il limite non appena il primo orgasmo era scemato.

Il mio compagno sorrise, la sua faccia mezza uomo,

mezza bestia. Si ritrasse da me. Mi sentii vuota, la mia figa si contrasse attorno al nulla.

"No! Deek! No!" Ero troppo eccitata, troppo arrapata, troppo fuori controllo. "Ho bisogno di te. Scopami. Di più. Ne voglio ancora."

"Non preoccuparti, compagna, non ho ancora finito con te." Sorrise soddisfatto. Portò la sua bocca sul mio clitoride e mi succhiò fino a farmi vedere le stelle. Ero al limite, la mia figa vuota e dolorante, mentre lui usava la lingua per darmi piacere, per portarmi al limite ancora e ancora, ma senza lasciarmi venire.

"Deek, ti prego. Ti prego." Non riuscivo più a resistere. Lo volevo dentro di me. Che mi riempiva. Che mi completava. Che mi faceva sentire che non ci saremmo mai più separati. Che mi completava.

Abbassò gli avambracci posizionandoli ai lati della mia testa e si prese la mia bocca. Gemetti, lo accolsi, e piansi sollevata. Il bisogno mi colò dagli occhi chiusi. Gli stavo dando tutto. Non mi trattenni. Mi arresi e non tenni nulla per me.

Sospirai quando mi riempì di nuovo; il suo cazzo di muoveva dentro di me in modo rilassato, ed era così strano in confronto al modo selvaggio in cui mi aveva scopato fino ad ora. Sapevo che c'era qualcosa di diverso.

Mi aveva già scopato prima di allora. Mi aveva scopato dozzine di volte da quando era arrivata.

Ma questo? Questo era qualcosa di più intenso. Mi sentii come se stesse adorando il mio corpo, come se mi amasse con un amore che le parole non potevano esprimere.

Mi baciò, il suo cazzo a fondo dentro di me che ci connetteva. Andò con calma, senza essere esigente, facendomi semplicemente sapere che m'amava, che ero al sicuro nel suo abbraccio, protetta dal suo corpo, e che lo sarei sempre stata.

Strappai le labbra dalle sue e lo fissai in quegli occhi verdi.

"Ti amo, Deek."

"Ti anch'io, compagna. Non dubitarne mai più."

Annuii e sollevai i fianchi verso i suoi. Lo baciai con la stessa tenera devozione che mi mostrava lui. Ringhiò in risposta, e sentii il suo cazzo crescere a dismisura dentro di me, e poi subito mi riempì con il suo seme, la sua vita, la sua promessa di eternità.

***

Leggi La compagna dei Viken **ora!**

Sophia Antonelli ha sempre lavorato sodo per farsi strada come mercante d'arte a New York, ma il fato la costringe a scendere a patti con il crimine organizzato. Quanto tutto va storto, lei se ne prende la colpa e viene messa di fronte a una scelta: o venticinque anni di prigione, o il Programma Spose Interstellari. La scelta è facile, ma Sophia rimane scioccata, quando scopre di essere stata abbinata non ad uno, ma a ben tre guerrieri Viken.

Dopo aver combattuto contro lo Sciame per dieci anni, Gunnar, Erik e Rolf sono le guardie dei Re di Viken Unita. Inchinandosi dinanzi ai desideri della Regina, acconsentono a condividere una Sposa Interstellare. Dovrebbe essere un compito facile: la donna è stata abbinata a tutti e tre loro, dei guerrieri temprati dalla battaglia. Ma nessuno può salvarla, quando viene rapita durante il trasporto.

Per puro caso, Sophia si ritrova invischiata nelle trame maligne di un'organizzazione che vuole assassinare la Regina. Sophia non cede. Dopo tutto quello che le è successo nella vita, Sophia non permetterà a nessun altro di rovinarle la sua nuova vita. Rischierà tutto per smascherare il suo nemico, ma i suoi nuovi sposi, i suoi tre compagni Viken, faranno di tutto per eliminare la minaccia e accogliere Sophia... per sempre.

Leggi La compagna dei Viken **ora!**

ISCRIVITI ALLA NEWSLETTER

Iscriviti alla mia mailing list per essere il primo a sapere di nuove uscite, libri gratuiti, prezzi speciali e altri omaggi di autori.

http://ksapublishers.com/s/bw

ALTRI LIBRI DI GRACE GOODWIN

Programma Spose Interstellari

Dominata dai suoi amanti

Il compagno prescelto

La compagna dei guerrieri

Rivendicata dai suoi amanti

Tra le braccia dei suoi amanti

Unita alla bestia

Domata dalla bestia

La compagna dei Viken

Il Figlio Segreto

Amata dalla bestia

L'amante dei Viken

Lottando per lei

Programma Spose Interstellari: La Colonia

La schiava dei cyborg

La compagna dei cyborg

Sedotta dal Cyborg

La sua bestia cyborg

ALSO BY GRACE GOODWIN

Interstellar Brides® Program

Assigned a Mate

Mated to the Warriors

Claimed by Her Mates

Taken by Her Mates

Mated to the Beast

Mastered by Her Mates

Tamed by the Beast

Mated to the Vikens

Her Mate's Secret Baby

Mating Fever

Her Viken Mates

Fighting For Their Mate

Her Rogue Mates

Claimed By The Vikens

The Commanders' Mate

Matched and Mated

Hunted

Viken Command

The Rebel and the Rogue

Interstellar Brides® Program: The Colony

Surrender to the Cyborgs

Mated to the Cyborgs

Cyborg Seduction

Her Cyborg Beast

Cyborg Fever

Rogue Cyborg

Cyborg's Secret Baby

Her Cyborg Warriors

Interstellar Brides® Program: The Virgins

The Alien's Mate

His Virgin Mate

Claiming His Virgin

His Virgin Bride

His Virgin Princess

Interstellar Brides® Program: Ascension Saga

Ascension Saga, book 1

Ascension Saga, book 2

Ascension Saga, book 3

Trinity: Ascension Saga - Volume 1

Ascension Saga, book 4

Ascension Saga, book 5

Ascension Saga, book 6

Faith: Ascension Saga - Volume 2

Ascension Saga, book 7

Ascension Saga, book 8

Ascension Saga, book 9

Destiny: Ascension Saga - Volume 3

Other Books

Their Conquered Bride

Wild Wolf Claiming: A Howl's Romance

I LINK DI GRACE GOODWIN

Puoi seguire Grace Goodwin sul suo sito, sulla sua pagina Facebook, sul suo account Twitter, e sul suo profilo Goodread usando i seguenti link:

Web:

https://gracegoodwin.com

Facebook:

https://www.facebook.com/profile.php?id=100011365683986

Twitter:

https://twitter.com/luvgracegoodwin

Goodreads:

https://www.goodreads.com/author/show/15037285.Grace_Goodwin

L'AUTORE

Grace Goodwin è un'autrice di successo negli Stati Uniti e a livello internazionale, di romanzi di fantascienza e paranormali. I titoli dell'autrice sono disponibili in tutto il mondo in più lingue nel formato e-book, cartaceo, audio e app di lettura. Due migliori amiche, una l'emisfero destro e l'altra quello sinistro, compongono il pluripremiato duo di scrittrici Grace Goodwin. Sono entrambe madri, appassionate di escape room, avide lettrici e intrepide bevitrici delle loro bevande preferite. (Potrebbe esserci o meno una guerra tra tè e caffè in corso durante le loro comunicazioni quotidiane.) Grace ama ricevere commenti dai lettori.

www.ingramcontent.com/pod-product-compliance
Lightning Source LLC
LaVergne TN
LVHW011821060526
838200LV00053B/3862